恵みの軌跡

精神科医・ホスピス医としての歩みを振り返って

柏木哲夫［著］

いのちのことば社

はじめに

二〇一六年五月二十九日は、私の七十七回目の誕生日でした。喜寿を迎えました。喜寿の祝いは、ホスピスのスタッフが病棟の一室を飾って、行ってくれました。その日は、私がホスピス病棟で診察をする日でした。まったくのサプライズでした。

私は三年前から、淀川キリスト教病院の理事長として病院全体の運営の責任を負っています。細々とですが、ホスピスでの臨床もしています。並行して、ホスピス財団の理事長という職責もあります。あとどのくらい現役で働けるかわかりませんが、健康が許すかぎり、仕事は続けたいと思っています。

三人の子どもと六人の孫は、それぞれ課題を抱えながらも、元気に過ごしています。ずっと同居していた母が二年前に召され、妻と二人だけの生活になりました。二つの職場も複雑な課題がありますが、優秀な人材が与えられ、みんなで協力していけば、困難は乗り越えられると信じています。

そんな状況の中で、これまでの自分の人生を振り返る少しの余裕が出てきたのだと思います。新幹線の中で、海外出張の飛行機の中で、会議と会議の隙間の時間に、「人生の振り返り」をするようになりました。

折に触れ、これまで自分が歩んできた道を振り返っているうちに、これをまとめてみようという思いが湧いてきました。自叙伝とか自分史とかいうような大げさなものではなく、自分の人生の軌跡をまとめるというくらいの気持ちです。これまでの人生をまとめるには若すぎる（?）という思いと、今まとめておかないと書けなくなるかもしれないという思いが入りまじりました。

そんなとき、本文にも書きましたが、ある雑誌の編集室長の、〈忙しい人しか本は書きません〉という言葉を思い起こしました。そしてかなり忙しい日々を過ごしている今でないと書けないのではないかという思いが湧いてきました。

私はこれまでに四十冊以上の本を出版しましたが、ほとんどが連載をまとめたもので、本書は珍しく書き下ろしです。ごく一部は、いのちのことば社の小冊子「いのちのことば」に連載されましたが……。

本書の内容はまさに私の人生の軌跡の振り返りです。誕生、子ども時代、学生時代、受洗、結婚、精神科医としてのスタート、アメリカ留学、ホスピスのスタート、大学教員、学長、学院長の経験、病院の理事長……などを振り返ってみますと、私は神様が創られた流れに乗ってきたという感じがします。洗礼を受けて、アメリカ留学→淀川キリスト教病院→O大学→K大学→淀川キリスト教病院という流れは神様が創られたものだと思います。そういう意味で、私の人生は受け身の人生と呼べるかもしれません。唯一、私が能動的に取り組んだのは、ホスピスだったように思います。

苦しかったこと、悲しかったことも当然ありますが、恵まれた人生だったと思っています。読んでくださった方が、本書を通して、生きるヒントのカケラでも見つけていただければうれしく思います。

目次

1　父の死、子ども時代、学生時代

父の死

私は三歳のときに、父を亡くしました。結核でした。父は三十八歳でした。六年間結核と闘い、発病後三年目に少し体調が良くなり、私が生まれました。父は郵便局に勤めていました。

母は看護師をしながら、父の看病もし、父の死後、再婚をせず私を育ててくれました。私は母一人、子一人の家庭で育ちました。父のことは、ほとんど記憶にありません。結核という病気のため、子どもへの感染を恐れ、私との接触は極力避けていたようです。私は、二階にいつもだれかがいる気配を感じていたように思います。

葬儀のとき、人が多く集まったので、私はうれしそうに部屋中を走り回ったそうです。その様

赤ちゃんのころ祖父と（1939 年）

子を見て、「かわいそうに、三つでは父親が死んだことは、ちゃんとわからないね。あんなにはしゃいで。不憫だね」と叔母が言った、と母から聞きました。

　父のことを身近に感じたのは、父の手帳を見たときでした。百一歳で召天した母が、百歳のときに私にくれました。私が生まれた一九三九（昭和十四）年の、前の年の手帳です。日常生活でしたことをメモ程度に書いている何の変哲もないものですが、終わりのほうにたくさんの名前が書かれていました。それは、生まれてくる子どもの名前の羅列でした。父は博、母は美智恵という名前ですが、女の子の場合は両親から一字ずつ取って「博美」とし、男の子の場合は「哲夫」と考えていたらしく、赤丸をしてありました。父が「哲夫」にどんな思いを託したのかわかりませんが、もしそれが「哲学的な夫」であれば、父の期待には添えていないと思います。

寂しい子ども時代

私は、寂しい子ども時代を過ごしました。公園で同じ年ごろの子どもが、両親に手を引かれ、ときどきつり上げてもらってうれしそうに笑っている姿を見て、とてもうらやましく思ったことを覚えています。戦争中は母から離れて、淡路島の祖父母の家に疎開しました。戦争の意味がわからなかった私は、焼夷弾で燃えている農家を見て、怖いというより、「すごい」とか「きれい」という感じがして、それを口に出し、祖父にひどく叱られたことを覚えています。戦争が終わって、母が迎えに来たとき、「どこのおばちゃん?」と言って、母にとても悲しい思いをさせたのも、戦争の大きな傷跡だと思っています。

小学生のころは、祖母(父の母親)、母、私の三人家族でした。母は当時、大阪市東淀川区にあったK病院で看護師をしていました。放課後は母の病院のグラウンドで野球をするのが楽しみでした。当時の私にとっては、病院の建物、白衣の医者、クレゾールの匂い、散歩中の患者さんなどは日常生活の一部でした。このような環境の中で「自分は医者になる」という思いが、ごく自然に私の中で芽生えていきました。よくは覚えていないのですが、五年生のときに「医者になる」とはっきり宣言(?)した、と母に聞きました。

中学時代の三年間は大きな出来事もなく、平凡に過ぎました。病院で卓球の選手をしていた母の影響で、私も卓球部に入り、仲間と遅くまで汗を流したことを懐かしく思い出します。

一人っ子

一つだけ、私の人生に少し影響を与えた一冊の本のことを書きたいと思います。中学二年生のときのある日、ふと立ち寄った図書館の書棚に衝撃的なタイトルの本がありました。『一人っ子』という題の本でした。副題に「この問題児」とありました。著者も出版社も忘れましたが、書名だけははっきりと覚えています。借り出してむさぼるように読みました。ひどい内容でした。一人っ子は非行に走りやすい、犯罪を犯しやすい、自殺しやすいなどの活字が目に飛び込んできました。これは大変と思うと同時に、「なにくそ!!」という気持ちが起こり、しっかり勉強して、立派な医者になろうという挑戦心が沸き起こってきました。

高校は大阪市の進学校に進みました。「なにくそ勉強」のかたわら、部活動にもかなり熱心でした。将来を考えて、「生物部」に入りました。カエルの解剖をずいぶんたくさんしました。勉強の成績はまずまずでした。模擬試験の順位も何とか国公立の医学部に入れそうでした。入学試験は国立と公立の医学部を二つ受けました。公立のほうは倍率がかなり高く、問題が難しく、出来も芳しくなく、駄目だろうと思っていたら、やはり駄目でした。国立のほうはまずまずの出来だったので、合格発表の日、自分の番号が掲示されることを、ほぼ確信していたのですが、番号はありませんでした。事務室で成績が聞けるとのことなので、聞きに行きました。「残念でしたね。漢字ひとつ、三点足りませんでした」と係員が気の毒そうに言いました。三点で浪人生活か……悔しさが込み上げてきました。

他の医学部を受験し、やはり駄目だった友人と二人で、北海道へ二週間の「やけ旅行」に出かけました。旅の途中で、皇太子が結婚され、そのパレードがテレビで放映されたことを覚えていますが、残念ながら、心からお祝いする気になれませんでした。

医師を目指す

旅から帰ったとき、予備校はほとんど募集を締め切っていました。ＹＭＣＡの予備校だけが五名学生を募集していることがわかり、応募しました。競争率五倍の難関でした。しばらくして合格の祝電が来ました。予備校からの祝電を受け取るのは、ちょっと複雑な気持ちです。そして、ＹＭＣＡ予備校で私は初めてキリスト教に触れました。キリスト教の教えをまとめたパンフレットに目を通したり、壁に貼られている教会の案内や集会にも目をやったりしました。しかし、そのときはそれ以上の関心を持つことはありませんでした。

一年間の浪人生活は、別に灰色という感じではありませんでした。看護師の給料では、私立の医学部にはとうてい行けません。母は、私が医学部を目指すことには賛成でしたが、下宿をしない国公立という条件を出しました。もっともなことです。しっかり勉強して、医学部に入るという明確な目標を立てて、何も迷わず日々を過ごした、いわば、単純明快な一年でした。一年後、公立は二年連続で駄目でしたが、感謝なことに国立の医学部に合格できました。

2　満たされない空間

教養時代

大学合格後の一年間は「浪人時代の反動」ともいうべき一年でした。当時の医学部は合計六年間で、初めの二年間は「教養」と呼ばれ、医学の専門的な授業はありませんでした。後の四年間は「専門」で医学の専門的授業と「ポリクリ」と呼ばれる実習がありました。その後、一年間のインターン後、国家試験を受けて、通れば一人前の医者になれるわけです。教養時代の授業は、正直、あまり面白くありませんでした。特に世界史や化学は高校の延長のようで、授業に出る気がしませんでした。授業をさぼっては、友人と喫茶店で長時間しゃべったり、ダンスのレッスンを受けたり、マージャンをしたりして時間をつぶしました。タバコも覚えました。課外活動としてESSに入りました。英語はもともと好きだったので、昼休みにテキストを使って、五、六人の仲間と英語で会話するのは結構楽しかったし、夏休みの合宿では、先輩の見事な英語力に刺激を受けました。振り返って、何よりよかったのは、他学部の学生と知り合えたということです。教会へ行くことを強く勧めてくれた友人も、後に妻となったOさんもESSのメンバーでした。

大学1年生のとき

医学の勉強

二年生になって、無性に医学の勉強がしたくなり、図書館へ通うようになりました。しかし、内科や外科の本を見ても、基礎知識がないので、理解できませんでした。唯一わかったのは精神医学関係の書物でした。フロイトの「夢の分析」や「性格障害」、「患者の心理」などの書物は医学の専門知識がなくても読めるので、かなりたくさん読みました。この読書を通じて、私は、医学の中に「精神医学」という分野があることを知りました。小学生のころに「医者になる」と思った時の私の頭には、漫然と内科、外科、小児科などがイメージとしてあっただけで、精神科の存在などは全然知りませんでした。

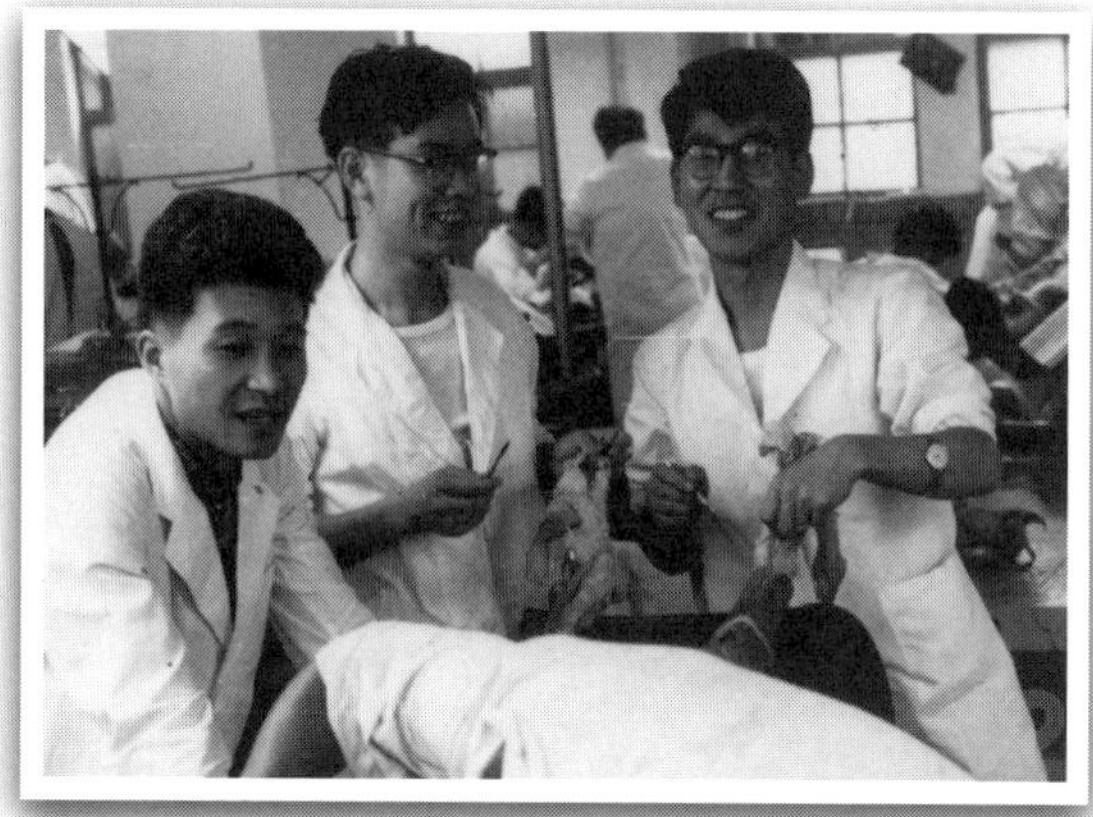

医学生時代の解剖実習

精神医学関係の書物を読みながら、相変わらず、友人との「遊び」にもかなりの時間を割いていました。

二年生の半ばごろから、私のこころに、ある変化が起こりました。それは「むなしさ」の自覚です。友人と遊んでいても、読書をしていても、なんとなく、むなしいのです。こころが満たされないのです。こころのどこかに「満たされない空間」がある、というような感じです。

二年生のクリスマスのシーズンでした。大学から駅へ向かう道の電柱に「クリスマス祝会」のポスターが貼られているのが目に留まりました。行ってみようと思いました。ESSの友人が勧めてくれていたことと、現在の妻がその教会に通っており、彼女も勧めてくれていたことが、私の背中を押してくれたのだと思います。

教会へ行く

生まれて初めて教会の敷居をまたぎました。アメリカから来られた宣教師がたどたどしい日本語でキリストの誕生について語っていました。詳しい話の内容は覚えていませんが、彼がとても熱心に、心を込めて語っていた、その姿勢に私は感動しました。もう一つ感動したのは、祝会が終わってからの人々の対応でした。初めての私を心から歓迎してくださる笑顔がとても印象的でした。特に印象的だったのは当時七十代だったおばあさんです。「よく、いらっしゃいましたね。教会へ来てくださって、とてもうれしいです」と、満面の笑みをたたえて言ってくださいました。祝会が終わった帰り道、私のこころは満たされていました。後になって聞いたのですが、「人には、神でなければ満たすことができない空間がある」という言葉があるそうです。私が感じていた「満たされない空間」というのは、まさにこのような空間かもしれないと思いました。宣教師をあれほど熱心にさせるものは何なのか、あのおばあさんの笑顔のもとは何なのか……それを探ってやろう……そんな不遜な動機で私の教会通いが始まりました。

私はもともと「計画人間」で、計画を立てて、物事を進めていくことに親和性を持っています。聖書を読むことも、計画的に始めました。一日これだけ読めば、一か月でこれほど進むので、新約聖書を読破するのにこれほどかかる……といった計画を立てるのです。もちろんきっちり計画どおりにはいかないのですが、計画を立てるとなんとなく落ち着くのです。かなり期待して新約聖書のマタイの福音書から読み始めたのですが、初めから裏切られました。人の名前の羅列から始まっていました。その次に処女マリアからイエスが誕生するという記事が続きます。聖書を読み進めていく中で、私がどうしても納得できなかったのは数々の奇跡です。「奇跡につまずく」というのは多くの求道者が経験することだと思いますが、私も例外ではありませんでした。奇跡のことがわからないと宣教師の先生に尋ねると「神様がおられ、神様は奇跡を起こす力をもっておられるのです」という答えが返ってきました。神の存在を信じるかどうかが信仰の原点であるという、いわば当たり前のことを、先生は繰り返し説かれました。

自己中心という罪

もう一つ納得できなかったのが「罪」の問題です。聖書が教える罪は私たちが「罪」という言葉から連想するものとはかなり異なるということを、聖書を読み進め、メッセージを聴いているうちに少しずつ、わかってきました。聖書は「すべての人が罪の下にある」（新約聖書・ローマ人への手紙三章九節）といいます。私たちは「法律的な罪」というように、罪を限定的にとらえますが、聖書は、極言すれば、人間の存在そのものが罪であるととらえます。このことに関して、宣教師のある日のメッセージがとても印象的でした。彼は「罪のことを英語ではＳＩＮと言います。Ｉ（私）が真ん中、中心、にありますね。私が中心という生き方、考え方が罪なのです」と言いました。私は妙に納得しました。自己中心が罪なら、私は罪びとです、と素直に認めることができます。問題はこの自己中心性からは人間の力では脱却できないということです。信じることによって救われるというこのメッセージは、私を洗礼に導く大切なきっかけになりました。

3　受洗、専門分野の決定、結婚

洗礼を受ける

教会に通い出してから洗礼を受けるまでに、私は五年かかりました。信仰を持つに至る道は人によって実にさまざまです。初めて出席した伝道集会で洗礼を決断する人もあれば、私のように五年、私の知人のように三十年もかかる人もいます。

私がイエス・キリストを救い主として受け入れたのは二十六歳のときでした。医学部を卒業した年でもありました。中之島公会堂で開かれた大きな伝道集会で、講師の牧師が、信仰の決断を勧めてくださったとき、迷いなく手を挙げました。コップいっぱいになった水が、素晴らしいメッセージという一滴の水であふれたという感じでした。五年間かけて、私のたましいというコッ

洗礼（1964年11月22日）

プに、福音という水が少しずつたまり、コップいっぱいになって表面張力で山なりに盛り上がり、最後の一滴の水であふれたのです。神の存在をこころで理解したというより、たましいで悟ったという感じでした。キリストを信じ、手を挙げたとき、何ともいえない胸の高鳴りを覚えました。

洗礼式は一九六四年十一月二十二日、みぞれが降るとても寒い日でした。私が属するメノナイト・ブレザレン教団は、浸礼（全身を水に浸す洗礼）が普通でした。教団のキャンプ場の近くを流れる川に全身を浸すのです。普通、牧師の手助けですぐに水から上がるのですが、私はできるだけ長く水中にいたいと思いました。長くいると、私の罪がたくさん、水とともに流れ去るように思ったからです。牧師にできるだけ長く水の中にいたいので、すぐに上げないでほしいと妙なお願いをしました。牧師は快く承知してくださり、私は四十七秒間水中にいました。事情を話しておいた友人が計ってくれたのです。この水中滞在時間の記録はまだ破られていません。水から上がったときの感覚は今でもはっきりと覚えています。みぞれまじりのとても寒い日でしたが、私は寒さを全然感じないばかりか、体中がホカホカと暖かかったのです。洗礼は新しく生まれる第二の誕生日であると言われますが、まさに、「生まれ変わった」という感じでした。

結婚

多くの方々が私の受洗を喜んでくださいましたが、特に私に教会へ行くことを強く勧めたESSの友人T君と現在の妻（当時はOさん）が喜んでくれました。OさんもESSのメンバーでした。

三人は良い友だちで、ESSの活動をいっしょにしました。私とOさんは最初単なるクラブの友人でしたが、クラブ活動をいっしょにしていくうちに、お互いに異性として意識し始めました。そして、将来の結婚を考えるようになりました。あとでわかったことですが、Oさんは、私が受洗しなかったら結婚は考えられないと思って

結婚（1966年4月9日）

いたそうです。

私の受洗を契機として結婚の話が進み、私たちは一九六六年に結婚しました。知り合ってから七年が経過していました。「長かった春」と言えるかもしれません。私二十七歳、妻二十六歳でした。

私が医学部を卒業したのが一九六五年ですから、三年間に人生でとても大切な三つのスタート、信仰生活、職業生活、結婚生活のスタートをしたことになります。

精神科医を目指す

話を学生時代に戻します。自分が将来何科の医者になるかは、医学生にとってとても大切な決断です。自分の専門を決める前にすべての分野の講義を聴き、すべての診療科で実習をします。多くの学生は臨床医学を目指しますが、少数ですが、基礎医学を専攻する学生も存在します。私は初めから臨床に進むことは決めていましたから、基礎か臨床かという悩みはありませんでした。

講義と実習が進んでいくうちに、同じ医学といっても科によってずいぶん違うことを実感するようになりました。整形外科と眼科とでは仕事の内容がまったく違います。

整形外科での実習はとても印象的でした。私は三十七歳の女性患者を担当することになりました。その女性は、股関節の手術のため入院中でした。離婚して、仕事をしながら、三人のお子さんを育てておられました。痛みがひどくなり、手術が必要と言われたのですが、入院中、会社の仕事をどうするか、三人の子どもの世話をだれに頼むか、ぎりぎりの生活なので入院費用をどうするかなど、多くの問題があることを私にポツポツと話されました。股関節の手術という医学的問題の背後に、多くの社会的、経済的な問題があることがわかりました。

手術の日が来ました。術者は教授で、股関節の手術では彼の右に出る者はいないと言われるほどの腕を持つ人でした。患者さんは全身麻酔で意識がなく、全身は緑色の手術着に覆われており、股関節の部分だけが丸く開いていました。手術の準備が整った段階で教授が手術室に入って来て、シャーカッセン（レントゲン写真を見る際に用いる、蛍光灯などの発光を備えたディスプレイ機器）のレントゲン写真を一瞬見て、すぐに手術が始まりました。噂にたがわず、見事なメスさばきで手術は短時間に終わりました。

患者さんは手術の成功を喜び、教授に感謝して退院されました。教授は良い手術をし、患者さんは喜んだ……それでいいではないか……。しかし、私にはこのような医学の領域は向いていない、と思いました。おそらく教授は、患者さんが抱えているさまざまな課題を知らなかったと思います。彼の関心は、レントゲンに映った股関節であり、どのように病変部にメスを進めるかということでした。それはそれでとても大切な働きであり、重要な分野なのでしょうが、私には向いていないと感じました。

教養時代に読んだ書物の影響だったのかもしれませんし、ずっと読み続けていた聖書や教会でのメッセージの影響もあったのかもしれません。理由はともかくとして、私の中には「人間を丸ごと診たい」という強い思いがありました。人間は身体的存在であるばかりでなく、精神的存在でもあり、社会的存在でもあります。加えて、たましいをもった霊的存在でもあるのです。人間を丸ごと、全人的に診たいという思いが、私を精神科という専門分野に進ませたのであろうと思っています。

4　精神科医としてのスタート

心身医学への関心

医学部を出て、一年間のインターンを終えて、大学の精神神経科の医局に入りました。学生の時に精神科の講義の中で興味があったのは、心身医学でした。簡単に言うと、心の状態が体に現れるということです。

特に心因性の蕁麻疹《じんましん》の講義は印象的でした。心の持ち方で蕁麻疹が出る、やや過酷な実験でした。鯖《さば》で蕁麻疹が出ると訴える患者さんに、心因性の要素が強いことを知ってもらう実験です。実際にエキスが入っていない溶液を「これは、鯖のエキスが入っていない溶液です」と言って飲んでもらいます。何も起こりません。しばらくして、実験助手が「すみません。鯖のエキスが入

インターン時代（大学付属病院の屋上にて）

った溶液と間違えました」と言うのです。すると、患者さんの首筋に蕁麻疹が出てきます。鯖のエキスを飲んだという心理的なことだけで、蕁麻疹が出るのです。

　入局して私は「心因性の頭痛」の研究をしました。あのことが「頭痛の種」と言われるように、頭痛は心の状態と密接な関係があります。年に三か月、ご主人の母親を自宅で世話をすることを何年間か続けている中年の女性は、母親が来る少し前になると、かなり強い偏頭痛に悩まされるようになり、母親の滞在期間中続き、母親がいなくなるとすっかり良くなるというはっきりした「心因性頭痛」の患者さんでした。母親との心理的葛藤が解決すると、頭痛からも解放されました。

　私は、私の医師としての姿勢に大きな影響を与えた二人の患者さんに、大学病院以外の病院で出会いました。

緘黙症《かんもくしょう》の患者さん

医局のローテーションでK病院へ一年間の予定で赴任しました。病棟に四十七歳の女性患者Yさんがいました。カルテには「緘黙症」とあり、この一年間一言もしゃべらないと記載されていました。部長も私の前任者も薬を工夫したり、心理療法、グループ療法、行動療法、作業療法、さらに電気ショック療法まで試みたりしましたが、効果がありませんでした。音には反応するので耳は聞こえていることがわかっていました。仮面様の顔貌をしており、いかにも感情が動かない感じがしました。私も緘黙症に関するいろんな書物や文献を調べて、効果がありそうな方法はすべて試みてみましたが、Yさんは一言もしゃべってくれませんでした。

半年経ったころ、医局にあったジャーナルを読んでいると、「Being with the patients」という記事が目に留まりました。緘黙症の患者と生活を共にすると、長くかかるが言葉が出るようになる場合がある、との報告でした。私はこの記事を部長に見せ、普段詰め所でするカルテの記載その他の仕事を、机を持ち込んで、Yさんの部屋でさせてほしいと頼みました。部長は不承不承許可してくれました。それから半年間、私は詰め所での仕事をYさんの部屋で行いました。自分の勉強や読書も、できるだけYさんの部屋でしました。Yさんは、私の存在にはほとんど無関心のようでした。私はときどき、「Yさん、何でもいいから、一言しゃべってよ」と懇願しましたが、効果はありませんでした。

一年間の勤務を終えて、荷物をまとめ、駅までタクシーで行くことにしました。玄関には部長やナース、数人の患者さんが見送りに来てくれました。「お世話になりました」と言って頭を下げ、顔を上げたとき、一番後ろにYさんがいるのが見えました。私はうれしくなって、Yさんに手を振りました。そのとき信じられないことが起こりました。Yさんが一言、「ありがとう」と言ったのです。私は自分の耳を疑いました。幻聴ではないかと思いました。しかし、その場にいた人はみな、Yさんの「ありがとう」を聞きました。私はタクシーの中で駅まで泣き続けました。

Yさんはその後、また一言もしゃべらなくなりました。そして数年後、肺炎で亡くなったと聞きました。励ましたり支えたりすることよりも、寄りそうこと、そこに存在することがケアの基本であると教えられました。

心因反応の患者さん

精神科の医者になって二年目の経験です。某精神病院の外来を担当していました。二十八歳の女性、Mさんが母親につき添われて診察室に入って来ました。椅子に座るなり、互いに関係のない言葉を並べ始めました。「空が……、家が……、自動車……、あの人、赤いマフラー……」といった具合です。精神科の教科書に記載されている「サラダ語」（サラダのように、いろいろなものを器に入れたような状態）という症状で、急性の心因反応の特徴の一つとされます。新婚二か月で夫の浮気がわかって急に精神的に不安定になった、と母親は言います。

入院の必要があることは短時間でわかりました。私はMさんの顔を見て、うなずきながら、どの病棟に入院してもらおうかと考えていました。診察を始める前に聞いていた空きベッドのある病棟と彼女の病状を考えながら、どこが適当かと思いを巡らせていたのです。すると突然Mさんが、「先生、私の言うことをしっかり聞いてください。先生はほかのことを考えているでしょう」と言ったのです。私は、びっくり仰天してしまいました。わけがわからない「サラダ語」状態であった患者さんが、私の目を見つめて「私の言うことをしっかり聞いてください」と言ったのです。私はすぐに謝りました。「ごめんなさい。あなたの状態を考えると、入院が必要だと思って、どこのベッドがいいか考えていたのです」と。それには答えず、Mさんは再び「サラダ語」状態に戻りました。

患者さんは自分がどのように見られているかにとても敏感です。Mさんのように急性の心因反応の人でも、老人、子ども、認知症の人、がん末期の患者さんでも、そうです。どのように見られているかを感じ取る能力は、幼い子どもでも、認知症の老人でも、死が近い末期のがん患者でも、しっかりと持っています。この能力は、年齢や状態にかかわらず、人間に最後まで残されるもののように思えます。

私はどんな人でも、その人がどう見られているかを感じる力を持っていることをしっかりと認識して接する必要があるということを、患者さんをはじめ多くの方々から教えられました。

5　アメリカへの留学

ワシントン大学への留学

精神科医として、大学病院と関連病院で臨床と研究の日々を送っていましたが、二年目のある日、淀川キリスト教病院から、パートの精神科医として勤めてくれないかとの要請を受けました。教授の許可を得て、要請に応じることにしました。一九六七年のことでした。

このことが、私のアメリカへの留学のきっかけになりました。学生時代から、いつか留学したいという希望を持っていました。インターン時代にＥＣＦＭＧ（Educational Commission for Foreign Medical Graduates）という臨床医学分野でアメリカ留学の資格を得るための試験にパスしていたので、それを利用することも考えていました。そんなとき、たまたま淀川キリスト教病院を訪れた

淀川キリスト教病院の精神科外来にて

ワシントン大学（セントルイス）精神科の教授と話す機会があり、留学を強く勧められ、試験を受け、幸い合格し、一九六九年単身渡米しました。

ワシントン大学では、レジデント（臨床訓練を受ける研修医のこと）という身分で患者さんの診察に当たりました。言葉の苦労は大変なものでした。留学が決まってからは、アメリカからの宣教師について、個人的に会話の訓練を受けたので、「なんとかなるだろう」と「主にある気楽さ」（説教者・作家ノーマン・ヴィンセント・ピールの言葉）をもって渡米しました。しかし、現実は想像よりも厳しいものでした。特にアフリカ系アメリカ人の患者さんの英語は、初め、ほとんどと言ってよいほどわかりませんでした。また、考えていることをすぐに英語で話すことにも困難を覚えました。

そんなとき、アメリカ人スタッフの一人が「テツオ、大丈夫。私の子どもは三つだけど、英語ペラペラだよ。テツオも三年経てばペラペラになるよ」と慰めてくれました。この慰めはかなり効きました。朝から晩まで英語漬けの日々で、半年経ったころには、英語で寝言を言うようになりました。

心の病気の日米差

精神科の臨床はとてもおもしろく、興味深いものでした。渡米の前に三年間日本で精神科医として臨床に従事したので、日本人とアメリカ人とで病気の症状がどのように違うのかに興味をもちました。心の病気の場合、その症状はその国の文化や国民性に影響を受けると言われています。たとえば、うつ病の症状一つをとってみても、「人前で泣く」ということは、特に男性患者の場合、日本では多くありません。しかし、アメリカではそんなことはありません。軽度のうつ病患者（男性）でも、診察場で泣くということがかなり頻繁に起こります。これは国民性の違いによるのだろうと思います。感情を自由に表現してもいい、むしろ、

ワシントン大学留学（1969―1972）時代
家族とともに

そうするのがいいという文化がアメリカにはあります。一方、日本では、人前で涙を見せるのは、(特に男性は)良くないと考える傾向があり、それがうつ病の症状にも影響しているのではないかと考えられます。

末期患者へのチームアプローチ

レジデント三年目に「リエゾン精神医学」というプログラムを経験しました。「リエゾン」は、橋渡しとか連携とかを意味するフランス語で、「リエゾン精神医学」というのは、身体疾患を抱えた患者さんの精神的問題の解決のため、他科の医師と連携しながら精神科医が介入・対応することです。このプログラムで私は初めて「末期患者へのチームアプローチ」に接しました。まさに目からうろこの体験でした。

余命一か月くらいの六十七歳の男性患者を取り上げ、医師、看護師、ソーシャルワーカー、チャプレン、ボランティアなどがチームを組んでケアをしていました。今でこそチーム医療はいろいろな医療分野でごく普通になされていることですが、一九七二年という昔に、しかも余命一か月の人のためにチームを組んでケアする……その理由がよくわかりませんでした。中心になっている看護師に理由を尋ねてみました。彼女は、「患者さんはこれまで、家族のため、アメリカのため、一生懸命生きてきて、今、体や心の痛みを感じながら死を迎えようとしています。彼のさまざまなニードを、チームを組んでケアするのは、医療や看護にとって非常に大切な働きだと思います」と言いました。

大学病院かキリスト教病院か

レジデント生活三年目の夏、帰国後どこで働こうかと思いを巡らせていたとき、同じ日に二通の手紙を受け取りました。一つは母校の精神科教授からのもので、大学に助手の席があるので、アメリカでの経験を生かして、臨床、研究、教育に従事しないかとのありがたいお誘いでした。もう一通は当時、アメリカに一時帰国しておられた淀川キリスト教病院のブラウン院長からのものでした。病院に新しく精神科を開設したいので、その責任者になってほしいとの要請でした。

二つとも、とてもありがたいお話でした。いろいろ考えたのですが、決断がつきません。妻に相談したところ、「大学の助手はあなたがならなくても、だれかほかの人がなるでしょう。淀川キリスト教病院の精神科の責任者はクリスチャンのほうがいいのでは……」との意見でした。当時通っていた教会の牧師にも相談しました。彼は、「直接患者に接し、患者の役に立つ職場がいいのでは……」と言いました。当時、アトランタ（ジョージア州）に帰国中のブラウン院長にも直接お会いして、どちらにするか決めかねていることを正直にお話ししました。先生は「神様のみこころに沿った決断ができるようにお祈りしましょう」と言われ、長い、こころのこもったお祈りをささげてくださいました。

それでも、なかなか決断がつかず、私は、大学病院と淀川キリスト教病院を比べる比較表を作りました。給料、将来性、スタッフの数、安定性、世間的評判……などの項目はすべて大学が上でした。私は項目の最後に「神のみこころ」と書きました。ほとんど無意識に書きました。「書かされた」といったほうがよいかもしれません。表を見ているうちに、最後に書いた「みこころ」という文字が、とても大きくなりました。そして、私は淀川キリスト教病院で働く決断をしました。

6　ホスピスのスタート

OCDP（Organized Care of Dying Patient）のスタート

一九七二年帰国し、淀川キリスト教病院に精神科を開設し、医長として診察を始めました。医長といっても、一人医長で、毎日外来を担当しました。

私がアメリカで末期患者へのチームアプローチを経験したことがわかり、医師、看護師、ソーシャルワーカー、チャプレン、そのほかコメディカルのスタッフ（医師と協同して医療を行う、検査技師・放射線技師・薬剤師・理学療法士・栄養士などの病院職員）が集まる勉強会で、その働きを紹介してほしいとの要請がありました。アメリカでは当時この働きはOCDP（Organized Care of Dying Patient〔死にゆく患者への組織的ケア〕）、すなわちチームアプローチと呼ばれていました。

勉強会での私の発表は、多くのスタッフの関心を集めました。そして、チームアプローチの勉強をしたいとの希望が出ました。

一人の患者さんとの出会いが、医師の進む道を決めることがあります。Sさんは私にとって、まさにそういう患者さんでした。直腸がんの末期であるSさんは、激痛と死への不安や恐怖があり、うつ状態に陥っていました。主治医の外科医は、患者さんの精神症状のコントロールについて、精神科医である私に相談を持ちかけたのです。Sさんに会うと、彼がいかに多くの痛みを持っているかがわかりました。骨に転移したがんの痛み、不安や恐れなど精神的な痛み、家族との人間関係や経済的な問題、死後の世界に関するスピリチュアルペインなどです。

Sさんの多くの必要を満たすためには、チームアプローチが必要であると思いました。身体的痛みを取る医師、精神的な問題に対処する精神科医、十分に時間をかけて話を聴く看護師、経済的な問題にはソーシャルワーカー、スピリチュアルペインにチャプレンなど、それぞれチームを組み、協力することが不可欠であると思いました。

ホスピスプログラムのスタート

このことがきっかけとなり、院内で末期患者へのチームアプローチが始まりました。一九七三年の夏のことです。私たちはこのアプローチをＯＣＤＰと呼びました。これは、日本における初めてのホスピスプログラムのスタートでした。チームは毎週集まり、一〜二名の末期患者のケアについて検討会を開き、それぞれの患者が必要とするケアを提供しました。

ホスピスの医師たちと

時間の経過とともに、私は一般病棟で末期の患者さんのケアをすることの難しさを実感するようになりました。病棟の空気は治療一色でした。末期の患者も延命一色でした。治療と延命へのパターンがありました。貧血→輸血、肺炎→抗生剤、心停止→心臓マッサージといったパターン化です。特にがんで亡くなる患者の心臓マッサージには強い疑問を持ちました。

病棟は末期患者と家族にとって適切な環境ではありませんでした。個室が少なく、面談室も家族部屋もなかったのです。台所もあればいいのに、と思いました。

そんなか一九七七年、新聞にイギリスのホスピスの記事が載りました。それを読み、ぜひ訪問したいとの思いを持ちました。それが実現したのが一九七九年でした。現代ホスピスの第一号といわれるセント・クリストファーホスピスをはじめ、イギリスの代表的な五つのホスピスを約一か月かけて訪問することができました。素晴らしい経験でした。明るさ、広さ、静かさ、温かさを持った施設も素晴らしいものでしたが、そこで行われているケアの質と、チームアプローチに感動し、日本にもこのようなホスピスをぜひ創りたいという強い思いが湧いてきました。

シシリー・ソンダース博士との出会い

セント・クリストファーホスピスで二週間ばかり働きに加わり、「世界のホスピスの母」といわれるシシリー・ソンダース先生に直接指導を受けることができたのは、大きな特権でした。研修の最後の日の先生のお言葉が、私の人生を変えました。先生は、「もし私ががんの末期になって、強い痛みのために入院したときに、まず望むのは、牧師が来てくれて、早く痛みが取れるよ

来日されたシシリー・ソンダース博士と（1997年）
柏木家で

うに祈ってくれることでもなければ、経験豊富な精神科医が来てくれて、痛みのためにイライラしている私の悩みに耳を傾けてくれることでもありません。私がまず望むのは、私の痛みの原因をしっかりと診断し、痛みを軽減するための薬剤の種類、量、投与間隔、投与法を判断し、それを直ちに実行してくれる医師が来てくれることです」と言われました。先生は、私がクリスチャンの精神科医で将来日本にホスピスを創りたいと思っていることをよくご存じでした。そのうえで、私に対するありがたい助言を、間接的な表現でしてくださったのです。先生が言いたかったのは「信仰を持っていること、経験豊かな精神科医であることはとてもよいことです。しかし、ホスピス医になるためには、症状のコントロールをはじめ体を診ることが必要です」ということだったのです。私はその場で「体を診る研修」を受けようと決断しました。

内科研修

帰国してすぐ、院長に、ホスピスをスタートさせるために数年内科で研修を受けたいとの希望を伝えました。ホスピス構想に賛成してくれていた院長は、快諾してくれました。それから三年間、私は精神科の外来を担当しながら、かなりの時間を内科病棟で過ごしました。痛みのコントロールのための鎮痛剤の使い方、胸水や腹水を抜くこと、中心静脈栄養のための血管の確保、そのほか内科疾患全般の治療に関する経験を積みました。三年という短い期間でしたが、私は何とか「体を診る」ことができるようになりました。

ホスピス設立の構想が理事会でも認められ、そのための寄付、献金集めが、一九八二年にスタートしました。三年計画で二億円が目標でした。タイミングよく出版された拙著『生と死を支える――ホスピスケアの実践』（朝日新聞社、一九八三年）を販売しながら、年間九十回の講演をしました。本の売り上げはすべてホスピス建設につぎ込みました。寄付や献金の集まり方は予想をはるかに上回りました。三年計画が一年九か月で、目標額の二億円の浄財がささげられました。そして、一九八四年に西日本で初めてのホスピス（二十三床）が竣工したのです。

7　ホスピスでの学び

ホスピスケアのスタート

一九八四年四月九日、専用病棟でのホスピスケアがスタートしました。一九七三年に無床でスタートしたホスピスプログラムから十一年が経過していました。一般病棟で診ていた四名の患者さんを迎えて、二人の医師、一七名の看護師で診療が始まりました。患者さんは次第に増え、一年間で七九名を看取りました。先日（二〇一六年二月六日）ホスピスの家族会がありました。三十二年間に看取った患者さんは約七、〇〇〇名です。毎年二二〇名、毎月一八名、一・七日に一人の看取りをしたことになります。私自身は約二、五〇〇名の看取りをしました。

Total Pain――全人的痛み

この三十二年間に、私は実にたくさんのことを患者さんとご家族から学びました。多くの学びの中で最も大切なことは、人は全人的に痛むということです。シシリー・ソンダース先生は「Total Pain――全人的痛み」と呼んでいます。

多くの患者は身体的痛みを訴え、これをコントロールすることは、ホスピスケアの中で重要なことです。

次に精神的痛みがあります。不安やいらだち、恐れやうつ状態などです。スタッフが十分な時間をかけて患者の訴えに耳を傾けることが大切です。時には抗不安薬や抗うつ剤の投与が必要になる場合もあります。

社会的痛みもあります。仕事上の問題、家庭内の人間関係の問題、時には遺産相続が問題になることもあります。

もう一つの痛みはスピリチュアルペインと呼ばれるもので、「たましいの痛み」とも言えます。死への恐怖、価値観の問題、生きる意味、人生の振り返り、病気の意味などに関する痛みです。

このように多彩な痛みを持つ患者のケアに必要なのは、チームアプローチです。

スピリチュアルペイン

Total Pain の中で最も難しいのはスピリチュアルケア（たましいのケア）で、時にはスタッフの全人格の投入が必要になります。身体的痛みのコントロール法はマニュアル化できますが、スピリチュアルケアのマニュアル化は不可能です。徹底的にその人に寄りそう姿勢が要求されます。

スピリチュアルケアの一例を挙げてみます。二十五歳の男性患者です。睾丸の悪性腫瘍が全身に転移し、痛みと全身倦怠感が強くなり、ホスピスへ入院となりました。痛みはモルヒネでうまくコントロールできましたが、次第に病状が進み、彼は残り時間が短いことを体で感じるようになりました。口数が少なくなり、表情も暗く、気分も沈みがちになりました。そんなある日の回診のとき、

ホスピス病棟で。患者さんとチームのメンバー

彼はいつもより緊張気味でした。体の診察を終えて椅子に座った私をじっと見つめて、絞り出すような声で、「先生、僕まだ二十五歳なんです。なぜ、こんなに若くて死ななければならないんですか‼」と言いました。私はどう答えてよいかわからず、彼の悲しそうな顔をじっと見ていました。彼のつらさや、やるせなさが伝わってきました。熱いものがこみあげてきて、私はやっと「二十五歳って、若いよなあ……」と言いました。同時に思わず、涙を一粒こぼしました。私はそれ以上、彼のそばにいられなくなって、「これからもしっかり診ていくからね」と言って、病室を出ました。

次の日、病室に行くと、彼の表情がとても明るくなっていました。そして、一言、「先生、昨日泣いてくれたよね。うれしかった」と言いました。それから十日後、彼は静かに旅立ちました。「なぜ、こんなに若くて死ななければならないのか」という質問は、「たましいの叫び」と言ってもよいでしょう。「私の人生は何だったのでしょう」という問いかけも、たましいから出ています。スピリチュアルペインに関する質問には共通の特徴があります。それは、答えられない質問だということです。周りの者にできることは、そのような痛みを持っている人に寄りそうことです。

ホスピスがスタートしたとき、ホスピスの目的を短くまとめた文を考えました。それは、「その人がその人らしい人生を全うするのを支える」でした。「その人らしさ」を支えることはとても大切です。人生の総決算の仕方には個性が反映します。「らしさ」の尊重は、ホスピスケアの真髄だと思います。確かに支えることは大切です。痛みが強い人は適切な鎮痛法で支えることが重要です。

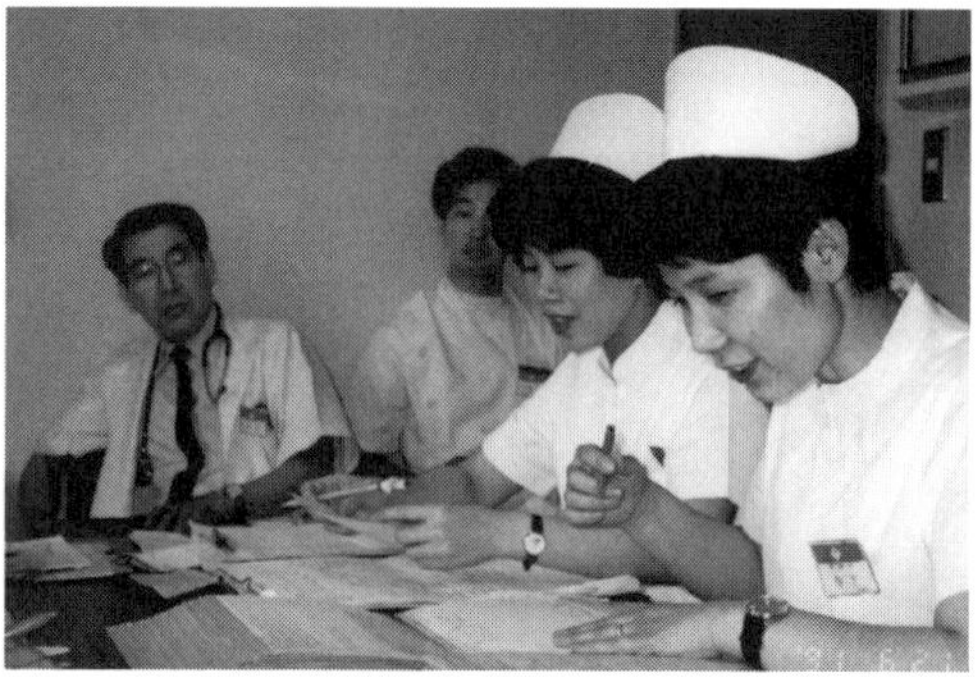
朝の申し送り。ホスピス病棟で

寄りそうケア

ホスピスで仕事を続けているうちに、ホスピスケアの中心は支えることではなく、寄りそうことではないかと思い始めました。「支える」と「寄りそう」は違います。「支える」は「下支え」という言葉があるように下からで、「寄りそう」は横からです。支えるためには技術（たとえば鎮痛剤の使い方）が必要ですが、寄りそうためには人間力が必要です。支えるには技術の提供が必要ですが、寄りそうためには人間そのものの提供が必要です。前述の患者さんの場合、入院当初は痛みのコントロールのために技術の提供が必要でしたが、それ以後は寄りそうこと、すなわち、私という人間そのものの提供が必要でした。今では、ホスピスの目的は「その人がその人らしい人生を全うできるように寄りそうこと」ではないかと思っています。

人は生きてきたように死んでいく

ホスピスで学んだもう一つの大切なことは、「人は生きてきたように死んでいく」ということです。その人の生き様が死に様に反映するということです。周りに感謝して生きてきた人は、家族やスタッフに感謝しながら亡くなります。周りに不平を言いながら生きてきた人は、家族やスタッフに不平を言いながら亡くなります。その意味では、良き死を死すためには良き生を生きることが大切になります。言い換えれば、良き生を生きれば良き死を死することができるということです。良き死とは、苦しくない死、孤独でない死、平安な死だと私は思います。良き生とは感謝の生ではないかと思います。周りの人々に感謝しながら生きてきた人は、周りから「ありがとう」という声をかけてもらいながら旅立てます。

私にとってホスピスは学びの場でした。患者さんやご家族から実にたくさんのことを学びました。その中でも、人生で最も大切なことは「感謝のこころ」であるという学びは、私のこれからの人生の大きな支えであると思っています。

8　大学に臨床死生学講座を開く

死を教える

ホスピスで臨床の日々を重ねるなかで、ホスピスという新しい考え方に対する医療、看護関係者の関心が次第に高まっていくのを感じました。講演や執筆の依頼も増え、私は多忙な臨床の合間を縫って、できるだけ引き受ける努力をしました。ホスピスという考え方が日本に根づいてほしいという強い希望があったからです。一九八六年には、医療、看護関係者向けに『死にゆく患者と家族への援助』（医学書院）を上梓し、翌一九八七年には一般の方々を対象にした『生と死を支える――ホスピスケアの実践』（朝日新聞社）を出しました。身体症状のコントロールや精神的ケアに関する論文も専門誌に投稿しました。

そんななか、一九九三年、五十三歳のときに、まったく予想していなかった人生の転機に遭遇しました。出身大学の人間科学部で、日本で初めての、死を教える「臨床死生学講座」を立ち上げるので、その講座の責任者として赴任してくれないかとの、学部長からの要請でした。私はホスピスでの臨床が好きで、それに重荷とやりがいを感じており、ホスピスに「骨を埋める」つもりでした。大学での教育と研究には興味はありましたが、臨床から離れる気にはなれないので、お断りしました。

そのことはすっかり忘れていましたが、ひと月後に学部長が再度来られました。いろいろと検討したが、死を教える適切な人材が見つからず、ぜひ私のホスピスでの経験を教育と研究に生かしてほしいとの強いご希望でした。学部長はつけ加えて、「臨床は続けてくださって結構です。ただ、教育の場として、学生を臨床の場に連れ出してください。先生の回診に同伴し、カンファレンスに参加させてもらえれば結構です」と言われました。「臨床を続けながら、教育と研究も」とのことで、心が少し動きました。五十三歳でキャリアを変えるのは誤算（五・三）かなと思いましたが、友人に相談すると、誤算ではなくてゴーサイン（五・三）だと思う、と言われました。

ゼミの学生たちと

悲嘆の研究

院長に相談すると、「いい話だから、行かれたらどうですか」とはっきり言われました。妻は、「あなたがいいと思うなら、いいのでは」との答えです。一週間ほど考え、祈り、私は大学に赴任することを決断しました。それから十年間、私は大学半分、臨床半分の生活を送りました。

優秀な学生に囲まれて、大学での日々はとても充実していました。学生たちはホスピスでの臨床の経験から、自分の卒論のテーマをうまく引き出す能力を持っていました。十年間いろいろな研究をしましたが、その中でも「悲嘆研究」は講座の大切な研究課題になりました。学部生時代、大学院生時代、悲嘆研究に取り組んだ教え子が現在、他の大学の教授になり、日本における悲嘆研究のリーダーになっています。

ホスピスケアの対象は患者と家族です。学生の一人が、医師は患者と家族のどちらに時間を多く割くかという「Time Study」（時間研究）をしました。私の回診のとき、私が患者に割く時間と、家族に割く時間をひと月にわたって計ったのです。結果は半々でした。

家族の悲嘆には、患者の死を予想して悲しむ「予期悲嘆」と、患者が亡くなってから始まる「死別後の悲嘆」があり、両方にケアが必要です。患者が亡くなる前に十分な予期悲嘆をしておくと、死別後の悲嘆が深くなり過ぎたり、長くなり過ぎたりしにくいという研究があります。患者さんの死が近づいたときに、家族に十分悲しみを表現してもらえるように時間と場所を整えることが大切です。ホスピスでは、患者さんの死後も遺族のケアを継続して提供します。年に一度、「家族会」を開いて、ホスピスで身内の方を看取られた遺族に集まっていただき、遺族同士、遺族とスタッフの交流会を持ちます。これは大切な遺族ケアです。また、月に一度、希望する遺族に集まっていただき、悲しみを分かち合い、お互いに励まし合う会を持っています。これは「自助グループ」（Self Help Group）と呼ばれ、悲嘆のケアの中で、最も有効な方法と言われています。

ストレスの研究

もう一つ、学生たちと一緒にした研究に、ＳＲＧ（Stress Related Growth）があります。「ストレスに関連した成長」という意味です。一般にストレスは良くないもの、避けたいものと考えられがちですが、ＳＲＧは、ストレスには人を成長させることもあるという、いわばストレスのプラス面に目を向けた考え方です。死別という体験には悲嘆が伴い、これまでの研究は、悲嘆の症状、回復の過程、回復の援助などに目を向けてきました。しかし、ＳＲＧの考え方からすると、死別という悲嘆にも人を成長させる要素があると言えます。われわれの研究によりますと、ホスピスで看取った患者さんの遺族の約三七％に、人間的成長に結びつくと考えられるポジティブな変化がありました。それらは、ライフスタイルの変化、死への態度の変化、人間関係の再認識、生への感謝、自己の成長、宗教観の変化などでした。

大学の定年は六十三歳でした。国立大学の教授は定年後、私立大学でしばらく教鞭をとるのが通例のようで、某大学から声がかかり、そのつもりでいました。その「つもり」を考え直さねばならない事態が起こったのです。名古屋のＫ大学から人間科学部内に新しく立ち上げた学科で一年教え、その後、学長として勤務してほしいとの要請でした。Ｋ大学は一一四年前にアメリカの宣教師によって創設された女子大で、学長はクリスチャンであることが学長選任規定に明記されています。クリスチャンで学長の任につく人材を学内で得ることが難しく、私に声がかかったというわけです。これもまた青天の霹靂でした。

私に学長が務まるかどうかの不安とともに、大阪と名古屋の距離感も重いものでした。同居していた九十歳の母のこともありました。妻と相談し、祈りました。そして名古屋へ行く決断をしました。

ホスピス財団の設立

大学で教育と研究に従事すると同時に、ホスピスでの臨床も続けられたのは幸いでした。ホスピスでの看取りの後、ご遺族がホスピスに寄付してくださることがかなりありました。ホスピスケアがスタートしてから十五年経過した二〇〇〇年にこの寄付金を基本財産として、ホスピス緩和ケアの向上と発展に必要なさまざまな事業活動をする「ホスピス財団」（正式には日本ホスピス・緩和ケア研究振興財団）を設立しました。この財団は二〇一一年に公益財団法人に認定されました。

9　大学の学長、学院長の経験

学長という仕事

名古屋の大学での働きに従事する決断はついたのですが、住まいをどうするかが大きな問題でした。ワンルームマンションを借り、週末は自宅を考えました。しかし、当時同居していた九十歳の母のことが心配でした。相談すると、「息子の気配がほしい」と言いました。この「気配」という言葉が私の胸を打ちました。辞書を引いてみると、「いろいろの状況からどうもそれに違いないと察せられる様子」とあります（『新明解国語辞典』三省堂）。私は基本的に新幹線通勤を決断しました。名古屋には十二年いましたが、仕事で遅くなったり、朝早かったりした時はホテルに泊まり、原則自宅から通いました。はじめ、遠いなあと思ったのですが、しばらくすると新幹

学院長時代。学長（中央）と理事長（左）ともに。

線の五十分は私にとって貴重な時間になりました。講義や講演の準備、大学の将来構想、スケジュールの調整、読書、時にはうたた寝など、すべてこの時間にしました。

　赴任後の一年間は、人間科学部の教授として学生の講義とゼミを担当しました。講義では、新しく「臨床ケア学」を開講しました。その中でケアの双方向性について、ホスピスでのケアを通して経験したことを学生に伝えました。ケアは、その提供者がケアを受ける人に一方的に提供するものではなく、提供者も、多くのことを受ける人から教えられることを伝えました。ケアを通して、提供する人と、受ける人がお互いに成長することを強調しました。

　ゼミでは、ホスピスでのケア、特にチームとしてのケアを具体的に提示し、皆で討論しました。ゼミ生の一人が看護師になることを決断し、現在もホスピスで働いています。

　赴任して一年が経過し、二〇〇四年に選挙により、学長になりました。当時妻も大阪にあるキリスト教主義の短期大学の学長でしたので、家庭には二人の学長がいることになりました。K学院は幼稚園、中学校、高等学校、大学、大学院からなり、児童、生徒、学生を合わせると、約七、六〇〇名というかなり大きな組織です。学院全体の基本的な教育方針は「主を畏れることは知恵の初め」（旧約聖書・箴言一章七節、新共同訳）という聖書のみことばです。学長としての最初の仕事は、このスクールモットーをわかりやすく説明する文章を作ることでした。宗教主事やクリスチャンの教員の協力でできあがったのが次のようなものです。

スクールモットー

K学院のスクールモットーは「主を畏れることは知恵のはじめ」（箴言一・七）である。この聖句のもとで、本学院は「キリスト教精神を基礎とする全人教育」を目指している。本学院の生徒、学生、教職員はこの聖句の意味を理解することが求められることは言うまでもない。「主」という言葉は、存在の根源をいう意味の言葉から由来している神名で、すべてのものをあらしめる者、すべての物の根源という意味であり、信じる、信じないにかかわらず、主が存在するというのがキリスト教の基盤である。「畏れる」というのは、「怖れる」ことではない。かしこみ畏れる畏敬のことである。真の「知恵」は神との正しい関係から始まり、そこに中心があるというのが聖書の教えである。教育の現場では多くの「この世の知恵」が伝授されるが、

「主を畏れる」ことが「知恵のはじめ」であることを、教育を提供する者も、受ける者も、認識することが重要である。知者を定義することは難しいが、聖書の主張によると、本当の知者とは、神がこの世界の主であることを知り、その中ですべてのものを位置づけている人である。「はじめ」には出発点という意味と、本質という意味の両方がある。従ってこの聖句が教えようとしているのは、主を畏れることが知恵の出発点であり、すべての知恵の本質であるということである。

キリスト教精神は神が価値あるものとして人間を創造し、価値あるものとして生かし、信じる者に永遠の命を与えられるという聖書の教えに基礎を置く。本学院が目指す全人教育とは人間を身体的、精神的、社会的、霊的存在としてとらえ、その存在様式のすべてに配慮し、スクールモットーに即してなされる教育である。学院は幼稚園、中学校、高等学校、大学、大学院から成り、それぞれの場で提供される教育の内容は、学ぶ者の年齢や背景によって異なってはいるけれども、「キリスト教精神を基礎とする全人教育」により、スクールモットーの実現を目指すという点で、学院全体に共通する。

少し表現は固いという印象がありますが、スクールモットーの説明文としては、本質をついた良いものができたと思っています。

強く、優しく。

次に取り組んだのが大学の教育方針を表すスローガン作りでした。これもチームを組み、専門家にも相談し、一年がかりで検討し、「強く、優しく。」と決めました。

「強く」は、実社会において、主体性をもってものごとを推し進める強さ、意志を通す強さ、目標を達成するための知識と技術のことです。「優しく」は、他人をいたわり思いやる優しさ、コミュニケーション能力、他者を認める寛容さや謙虚さを意味します。キリスト教を基盤として、このような「強く、優しい」女性の育成を目指し、このスローガンを共通理解として教育の実践に活かしていきたいと考えました。

学長職三年目の二〇〇七年に前任の学院長が定年退職され、私は学長と学院長を兼任することになりました。学長時代は大学のことを中心に考えていればよかったのですが、学院長になると、大学に加えて、幼稚園、中学、高校の責任も取ることになります。さらに全国に八万人以上の卒業生がおられ、十七の支部がある同窓会の名誉会長という結構忙しい仕事もあります。その支部大会には学院長として出席し、学院の近況報告をしなければなりません。三月、四月、入学、卒業のシーズンにはそれぞれ祝辞を述べる役割があり、毎年十二回、お祝いの言葉を述べました。

兼任には「大変感」を感じました。しかし、例によって、「主にある気楽さ」（説教者・作家ノーマン・ヴィンセント・ピールの言葉）で、何とかなるだろうと兼務をスタートし、結局五年間、学長と学院長を兼務しました。

10　学生、生徒の思い出

キャンパス川柳

十二年のK大学勤務の間には、さまざまなことがありました。印象深く覚えていることを挙げてみたいと思います。

学長になったとき、私は明るいキャンパスづくりを目指したいと思いました。さまざまな試みをしましたが、その一つに「キャンパス川柳」があります。大学のキャンパスで感じたことを川柳にして投句してもらい、学長賞を選び、表彰するのです。

ある年の学長賞は「強く、優しく。」という教育スローガンの川柳版で、「スローガン　強さばかりが　育ち過ぎ」でした。翌年の句に、とても川柳らしい、面白い句がありました。「寝坊し

て　開き直って　自主休講」というものです。学長賞にしようかと思ったのですが、念のため、副学長に相談しました。「うーん、面白いのですが、学長賞というのは……」というのが答えでした。なるべく副学長の意見を大学運営に反映したいと思っていた私は、この句を学長賞にするのをあきらめました。

浴衣美人コンテスト

感動したエピソードを一つ。大学の食堂で昼食をとり、自室に戻るべく廊下を歩いていると、一人の学生が満面の笑みを浮かべて近づいてきて、「学長先生、わたし、昨晩、浴衣美人コンテストで一位になったんです。うれしくて。学長先生にも報告したくて。呼び止めてすみませんでした」と言って、ぴょこんと頭を下げました。私は「それはよかったね。うれしかったことを人に伝えるって、とてもいいことだと思いますよ。おめでとう」と言って手を差し出し、握手をしました。彼女は、「学長先生に握手してもらった。やったー」と言って、足早に立ち去りました。やや不自然な行動ととれるかもしれませんが、彼女の表情やしぐさがかもしだす「さわやかさ」と彼女の言葉は、とてもしっくりとなじんでいました。

総理大臣賞

学院長としてうれしかったことを書きたいと思います。学院の中学二年生の生徒の書いた作文が内閣総理大臣賞をもらいました。読んで感動しました。新聞にも掲載された文なので、少し長いものですが、そのままここに紹介します。「轍《わだち》の心」という題です。

「私の家の前では、今、住宅の建設が真っ盛りです。数年前までここは畑で、道路もまだ舗装されていない砂利道でした。

私が、小学校五年生のころ。近くに住む農家のおじいさんは毎日、農作物の世話でこの畑に来ていました。砂利道からほんの数十メートル先には、既に宅地化が進み、舗装されたアスファルトの道路があります。おじいさんは、舗装された道路の脇にトラックを停める

キャンパス川柳の表彰式

と、そこから鍬やスコップをかつぎ、この砂利道をてくてく歩いて畑に来るのです。

八月の夏休みのこと。いつものように畑にやってきたおじいさんに、私は話しかけてみました。

『おじいちゃん、何でトラックで畑まで来ないの？　すぐそこに停めてあるのに……。』

私の質問に、おじいさんは麦わら帽子のツバをめくると、ニコニコしながら答えました。

『ワシには、足があるでのう。歩かんと足がなまって動かんくなると、いかんからね。』

そのとき私は、おじいさんの言葉を何の疑いもなく聞き流していました。

新学期が始まった九月だったと思います。いつもの砂利道で自転車に乗っていた私は、野菜を積んだ一輪車を押すおじいさんとすれ違いました。

おじいさんは押していた一輪車を停めると、歩いてきた道の地面を足で、『トン！　トン！』

と、ならし始めたのです。

『おじいちゃん、何してるの？』

私は思わずたずねました。

『おねえちゃん、轍ってしってるかね。』

『ワダチ？』

聞きなれない言葉に、キョトンとする私に、

『車が通った後、タイヤで道がくぼむじゃろ。そうすると、おねえちゃんの自転車がその轍にとられて転ぶといかんから……。こうして、轍をならしているんじゃよ。』

私は、その言葉にハッとしました。もしここに、あのトラックが入ってきたら、もっと大きな轍ができるはずです。おじいさんは、それが分かっていて毎日、この砂利道をわざわざ畑まで歩いていたのです。

私はそのとき胸が熱くなりました。トラックでくれば身体も楽なはずです。それなのに、何年もの間、道を傷めないために、子どもたちが怪我をしないように歩いていたのです。

私が中学に入学してまもなく、おじいさんは亡くなりました。その後、砂利道は舗装され、畑は住宅へと姿を変えようとしています。

人は、自分の視界に入るものばかりに気をとられるものだと思います。ときには、普段気づかない後ろや周りに、どんな形であれ『轍』ができていないかを振り返ること。そして、そして、その先に起きるかもしれない危険や困難を予測し、相手を思いやる行動をとることが本当の『親切』ではないでしょうか。

砂利道の思い出は、アスファルトの道路の下に埋もれてしまいましたが、おじいさんが教えてくれた『轍の心』は、今も私の胸にくっきりと刻まれています。」

看護師の道へ

もう一つのエピソード。二回生である学生の一人が看護師になることを決断したことは前述のとおりですが、彼女のことをもう少し詳しく述べたいと思います。彼女は将来のことを相談したいとのことで、母親といっしょに学長室へ来ました。私のホスピスに関する講義を聴いているうちに看護師になりたいとの思いが次第に強くなってきたとのこと。講義の中では、特に「ケアの双方向性」という概念にひかれたとのことでした。ケアは、ケアを提供する人からケアを受ける人に対して一方的になされるものではなくて、提供する人も受ける人から多くのことを学ぶということです。

彼女はK大学を辞めて、すぐに看護学校に進みたいと願い、母親は卒業してからという意見で、これが相談のポイントでした。私は、「看護師という仕事には四年間の大学での学びがきっと役に立つと思います。卒業してからにしたほうがいいと思います」と、はっきり言いました。卒業式の日、「先生、卒業しました」と挨拶に来た彼女の笑顔が忘れられません。

11　病院の理事長になる

病院の理事長への道

あと二年で学院長の定年を迎える二〇一三年に、神様は驚くばかりの流れを作られました。淀川キリスト教病院の理事会からの要請で、理事長への就任を打診されたのです。これも青天の霹靂でした。現理事長の健康上の問題に加えて、病院の運営上の課題もあり、早急に就任してほしいとのことでした。

ずいぶん悩みました。当時、学院長をしていましたので、それを辞して病院の理事長に就くことは、学院に迷惑をかけることになります。そうかといって、病院の苦境を思うと胸が痛みました。祈りのうちに示された道は兼務でした。学院の理事長に事情を詳しく説明し、退職までの一年半、学院長と病院の理事長を兼務させてほしいと、本当に厚かましい希望を述べました。理事長は理解を示し、理事会にかける約束をしてくださいました。理事会でも認められ、私は二〇一三年九月、淀川キリスト教病院の理事長に兼務という形で就任しました。

淀川キリスト教病院は一九五五年に設立され、二〇一六年に設立六十周年記念会を開催しました。病床数六三〇床、地域の中核病院です。理念として「全人医療」を掲げ、「からだとこころとたましいが一体である人間（全人）にキリストの愛をもって仕える医療」を実践しています。

病院では「全人医療」という機関誌を発行しています。それに、「全人医療の新しい出発」という短文を書きましたので、ここに引用します。

全人医療を掲げる

全人医療の新しい出発

職員の皆様の、日ごろの尊いお働きに心より感謝いたします。

早いもので、理事長に就任して三か月が経ちました。その間、淀川キリスト教病院グループのすべての部署を回り、医務部、看護部、事務部、組合の責任者とミーティングをし、チャプレン室、メンタルヘルス推進課のスタッフとも話し合いました。多くのスタッフのお話を聴くなかで、病院移転の前後におけるさまざまなご苦労がわかり、胸が痛くなりました。

三つの基本方針

私は理事長就任直後の管理会議で「全人医療」の働きを進めるための三つの基本方針について述べました。また、二〇一三年十一月六日に職員の皆様に「理事長就任にあたってのご挨拶」という題のメールを送り、ここでも三つの基本方針を説明しました。この新しい年の「全人医療」の巻頭言でも三つの基本方針を掲げています。

①皆で意見を出し合い、合意を得ながら物事を進めてゆく。

議論を尽くすプロセスを大切にし、決まったことには皆が協力して取り組めるようにします。

②可能な限り情報はオープンにし、職員間で共有する。

現場が責任をもって仕事ができるように、今なぜこのことが必要なのかがわかるように、極力情報は公開し、そのうえで、目標とそこに至るプロセスを確認できるようにします。

③患者さんに良い医療を提供するためにも、職員の幸せを目指す。

長年の経験から、良いチームワークのもと、職員がプロとしての持てる賜物を発揮してこそ、患者さんに良いケアが提供できる、と私は確信しています。それができるように、ハラスメントや過重労働をなくし、職員のキャリア、専門性を高める取り組みを進めてゆきます。

三つとも書くのは簡単ですが、実行するのは難しい方針です。事あるごとにこの基本方針に立ち返り、事を進めていきたいと願っています。淀川キリスト教病院は素晴らしい可能性を持つ、素晴らしい病院だと思っています。

「慎みと恐れとをもって、神に喜ばれるように奉仕をすること」（新約聖書・ヘブル人への手紙一二章二八節）

最近与えられたみことばです。皆さんと一緒に神様に喜んでいただけるような働きをしたいと願っています。

もう一つ病院の広報誌に書いた文章を引用します。患者さんに病院が目指していることをわかりやすくお伝えするためにまとめたものです。

病院が目指す医療

淀川キリスト教病院広報誌

柏木哲夫

淀川キリスト教病院は六三〇床、三五の診療科を持ち、一日約一、二〇〇名の外来患者さんが来られる総合病院です。一九五五年（昭和三十年）に米国長老教会（プロテスタント）の医療宣教師フランク・A・ブラウン初代院長によって創立されました。初代院長のブラウン先生が掲げられた全人医療というミッションのもとに、淀川キリスト教病院は創立以来ユニークで先進的な働きを続けてきました。全人医療とは〈からだとこころとたましいが一体である人間（全人）にキリストの愛をもって仕える医療〉です。先進的な働きの中には、日本で初めての試みが多くありました。全病棟完全冷暖房の実施、病院ボランティアの導入、医療ソーシャルワークのスタート、新生児の交換輸血、結合双生児の分離手術、ホスピスの設立等です。旧病院の病棟が古くなり、二〇一二年（平成二十四年）、新病院へ移転しました。

現在、淀川キリスト教病院グループは本院のほかに、ホスピス・こどもホスピス病院（二〇一七年三月本院へ統合）、老人保健施設、訪問看護ステーションなどを持ち、地域の中核病院として、皆様の健康をお守りしたいと願っています。

私は二〇一三年（平成二十五年）九月に理事長に就任しました。過去四十年にわたって淀川キリスト教病院に関わってまいりましたが、淀川キリスト教病院グループの責任者として、以下に述べることを実現したいと願っています。

1　安心してかかれる病院
患者さんとご家族が「この病院なら安心」と思っていただける病院でありたいと、まず願います。

2　親切な病院
スタッフが患者さんやご家族に親切であることは、「良い病院」の基本中の基本です。

3　最新の治療、検査技術の導入
日進月歩の医療の分野において、常に新しい治療法、検査法を取り入れます。

4　チームアプローチ
医師、看護師、コメディカル、事務がそれぞれの専門性を生かしながら連携してチーム医療を展開します。

5　地域に根ざす

地域の皆さんが何を病院に期待しておられるかに、いつも敏感でありたいと思っています。

6　世界に目を向ける

先進国の医療に学び、発展途上国に医療を提供します。

7　キリスト教信仰を土台に据える

病院設立の原点であるキリスト教信仰を医療の基礎にしたいと願います。

12　書物の出版

人間理解を本にする

私が初めて著書を出版したのは、今から四十一年前、一九七五年、三十六歳の時でした。『病める心へのアプローチ』（いのちのことば社、著書リストの1）という題で、「中日本連合宣教の集い」の主催で、「病める現代と聖書の救い」のテーマの下に開かれたセミナーにおける講演を中心にして、加筆修正したものです。精神疾患の診断や治療、患者さんへの対応の仕方などをまとめたものです。三十三歳の時、アメリカ留学から帰ってから、三年後ということになります。初めて「自分の本」を手にしたときの、あの新鮮な喜びは今でもはっきりと覚えています。

そのとき、私はとてつもなく無謀な決断をしました。それは「毎年、本を出す」ということです。それから四十年、七十七歳になりましたが、四十三冊の本を出版しました。きっちり一年に一冊の出版ではなく、三年とぶ年、一年に二冊の年などがありますが、四十年間に四十三冊の本を出すことができました。

私は精神科医、ホスピス医、大学の教員、大学の管理者、病院の管理者、財団の理事長、学会の理事長、教会の役員などを経験しましたので、それぞれの立場で多くの人たちと接してきました。私のこれまでの人生の中心課題を一つの言葉で表すと、「人間理解」だと思います。人間を理解するのに、精神科医として理解する、ホスピス医として理解する、また教育者として理解することができます。また、信仰的な理解、宗教的な理解もあります。「人間理解」というテーマは実に広い領域をカバーします。それゆえに毎年、本を出せたのだと思います。

病院の資料コーナーにある自著

ほとんどの本は依頼を受けて書いたものですが、『五〇代からはじめるユーモア』（青海社、著書リストの39）だけは、私自身が書きたくて、出版社に頼んだものです。

改めて著書リストをながめてみると、当然のことですが、本の内容が私の経歴に沿って変わってきていることに気づきます。それは次の七段階になるように思います。

①病める心
②死にゆく人々
③ホスピスとターミナルケア
④信仰
⑤生きること
⑥支えること、寄りそうこと
⑦ユーモア

これは、私自身の年齢、経験、仕事上の立場などの変化に伴うものだと思います。

四十三冊の本がどのような出版社から出たかを調べてみますと、キリスト教関係の出版社から十八冊（四二％）、一般の出版社から十四冊（三三％）、医学、看護関係の出版社から十一冊（二六％）となります。

忙しい人しか本は書きません

本の出版に関して思い出すエピソードを書いてみます。アメリカ留学から帰国してから五年目の一九七七年のことでした。一九七三年、淀川キリスト教病院において、日本で初めてのホスピスプログラムをスタートさせ、精神科医としても多忙を極めていました。そんなとき、当時医学書院の「看護学雑誌」編集室長から、看護師のために「末期患者の看護」に関する書物を執筆してほしいとの依頼を受けました。とても執筆する時間が取れそうにないので、引き受けにくいことを伝えたところ、彼は「忙しい人しか本は書きません」と言いました。私と同年ということもあり、また、ユニークな説得の仕方だったからかもしれません。書下ろしは難しいかもしれないが、毎月連載し、十二回分を一冊にまとめるという提案で、私も頑張ってみようと思いました。このようにして著書リスト3の『死にゆく人々のケア』が誕生しました。タイトルに初めて「ケア」という字が用いられた本です。タイトルをどうするか編集室長と話し合うなかで、死にゆく人々の看護、介護、援助、配慮、心配りなどが上がりましたが、どれも「ケア」という概念がもつ広がりと深さがないという結論になり、当時まだそれほど一般化されていなかった「ケア」を採用することにしました。

多忙な臨床医、教員、管理者という仕事をしながら本を執筆するのは、かなり困難な業です。まして年に一冊上梓するというのはほとんど不可能なことと考えられます。私の場合、四十三冊のうち、いわゆる「書き下ろし」はほんの数冊です。ほとんどが連載をまとめたものか、講演の掘り起こしに加筆修正したものです。

連載をまとめる

執筆を依頼されたとき、書き下ろしは無理で、何かに一年ないし二年間、毎月連載し、それをまとめる形であれば引き受けます、と言います。依頼者は連載の場（新聞であったり、雑誌であったり）を準備します。毎月、四百字詰め原稿用紙二十枚を十二か月続けると、二百四十枚になり、一冊の本にまとまります。月二十枚がきつければ十枚を二年間でもいいのです。

連載を始めると、締め切りに間に合わなければ人に迷惑をかけることになるので、無理をしてでも間に合うようにします。自分を縛るわけです。そうでもしなければ、多くの本は出版できません。

もう一つの方法は、初めから本にまとめることを想定して数回の講演をし、講演を書き起こしてもらったものに加筆したり、削ったり、表現を変えたりと修正を加え、本にまとめる方法です。これは、毎月の締め切り原稿を気にするよりは、かなり楽な方法です。私の場合、話し言葉と書き言葉にあまり大きな差がないので、この方法で出版した本もかなりあります。

「四十年間、毎年一冊ずつ本を出した」と言うと、多くの人は驚くのですが、その背景を知ると、たいしたことはないと思われるかもしれません。ただ、背後には出版社の方々の多大なご協力があったのです。

もう一つ、本作りの方法があります。あらかじめ内容と章立てを決めておいて、私が、編集者に向かって、しゃべり続けるのです。ある夏休みの二日間、午前中二時間、午後二時間、夕方二時間、合計十二時間、話し続けたことがあります。それを書き起こしてもらい、加筆修正して一冊の本にしたのです。かなり能率的な本作りですが、十二時間話し続けるのはさすがにかなり疲れる作業です。出版の裏話的なことを書いてみました。

著書リスト

1 『病める心へのアプローチ』
いのちのことば社、1975
2 『病める心からの解放』
いのちのことば社、1976
3 『死にゆく人々のケア』
医学書院、1978
4 『人と心の理解』
いのちのことば社、1981
5 『臨死患者ケアの理論と実際』
日総研出版、1982
6 『病める心の理解』
いのちのことば社、1982
7 『生と死を支える』
朝日新聞社、1983
8 『ホスピスをめざして』
医学書院、1983
9 『安らかな死を支える』
いのちのことば社、1984
10 『死にゆく患者と家族への援助』
医学書院、1986
11 『ケアの傘のもとで』
サンルート看護研修センター、1986
12 『心をみつめて』
いのちのことば社、1987
13 『生と死を支える』
朝日選書341、朝日新聞社、1987
14 『良き生と良き死』
いのちのことば社、1988
15 『ターミナルケアとコミュニケーション』
サンルート看護研修センター、1992
16 『死を学ぶ』
有斐閣、1995
17 『愛する人の死を看取るとき』
PHP研究所、1995
18 『死にゆく患者の心に聴く』
中山書店、1996
19 『死を看取る医学』
NHK出版、1997
20 『「老い」はちっとも怖くない』
日本経済新聞社、1998
21 『ターミナルケアとホスピス』
大阪大学出版会、2001
22 『癒しのユーモア』
三輪書店、2001
23 『癒しのターミナルケア』
最新医学社、2002
24 『心をいやす55のメッセージ』
いのちのことば社、2002
25 『あなたともっと話したかった』
日本経済新聞社、2003
26 『生きていく力』
いのちのことば社、2003
27 『ベッドサイドのユーモア学』
メディカ出版、2005
28 『人生の実力』
幻冬舎、2006
29 『定本　ホスピス・緩和ケア』
青海社、2006
30 『ホスピスのこころを語る』
一麦社、2006
31 『家族の実力』
幻冬舎、2007
32 『死を背負って生きる』
日本キリスト教団出版局、2008
33 『安らかな死を支える』（新装改訂版）
いのちのことば社、2008
34 『良き生と良き死』（新版）
いのちのことば社、2008
35 『いのちに寄り添う。』
KKベストセラーズ、2008
36 『育てるいのち、看取るいのち』
（柏木道子と共著）
いのちのことば社、2009
37 『いのちの豊かさ』
（柏木道子と共著）
いのちのことば社、2009
38 『「死にざま」こそ人生』
朝日新聞社、2011
39 『50代からはじめるユーモア』
青海社、2011
40 『生きること、寄りそうこと』
いのちのことば社、2012
41 『いのちへのまなざし』
いのちのことば社、2013
42 『人はなぜ、人生の素晴らしさに気づかないのか？』
KADOKAWA、2015
43 『心のケアとコミュニケーション』
いのちのことば社、2016

13　リーダーの型と役割

リーダーの型

私はこれまでにさまざまな組織で働き、また組織を立ち上げてきました。その中で、組織のリーダー的役割も果たし、さまざまな組織のリーダーともお付き合いをしてきました。それらの経験の中から、リーダーには二つの型があるということに気づきました。「旗振り型」と「みんなで型」です。前者は組織に対して自分の夢やビジョンを語り、組織の旗振り役を果たすリーダーです。後者は組織の人間関係を重視し、物事の決断の際、皆の意見をよく聴き、皆で決めていくリーダーです。私は明らかに後者のタイプのリーダーです。組織が安定しており、順調に運営されているときは、「みんなで型」のリーダーでいいのですが、組織が不安定で改革が必要な時には「旗振り型」のリーダーが必要です。

私が経験した最初の大きな組織づくりはホスピスでした。ホスピスケアはチームケアです。医師、看護師、ソーシャルワーカー、宗教家、薬剤師、栄養士、ボランティアなど、それぞれ背景が異なる人々がチームを組んでケアをするのです。チームケアのリーダーは「旗振り型」よりも「みんなで型」のほうがよいでしょう。私はごく自然に「みんなで型」のリーダーになりました。ホスピスの基本的な考え方やその重要性を多くの方々に知っていただくためには、かなり旗を振りましたが、実際のチームづくりになると、私の役割は「みんなで型」のリーダーになることでした。

みんなで型リーダー

自己分析をすると、「みんなで」というのは私自身の持ち味のような気がします。先頭に立って、旗を振るのは、どうも私の持ち味ではなさそうです。しかし、まったく新しいことをする場合、ある程度、旗を振ることも必要になります。大学で新しい講座を開くとき、「みんなで」という姿勢では事が進みません。数年間はある程度、旗を振りましたが、その後はスタッフと学生に相談しながら、研究のテーマを決めるようにしました。

そんなわけで、十年間大学の教授として勤めましたが、学生を教えたというより、いっしょに勉強したという感覚のほうが強いのです。したがって、よく言われる「彼は私の教え子だ」という表現には、何となく違和感があります。「教えた」というより「いっしょに勉強した」という感じなのです。ホスピスでいっしょに働いた若い医師が「柏木先生に育てていただいた」などと言ってくれる時がありますが、私の感覚は、いっしょに臨床をしているうちに「勝手に育った」というものです。

かつて理事長をした日本ホスピス緩和ケア協会の理事会で

国立大学を定年で退職した後、私は名古屋の女子大で八年間、学長をしました。大学は一二〇年以上の歴史があるミッションスクールで、運営は比較的安定していました。私は九代目の学長でした。

学長時代に薬学部のスタートや校舎・チャペルの建て替えなど「小旗を振る」必要はありましたが、「みんなで型」学長として、無事に職務を果たすことができました。この大学のような組織の場合、リーダーである学長の役割は長い鎖の一つの輪をしっかりと次の輪につなげることだと思います。ある組織の長になったとき、その日から次の長をだれにするかを考え始めることが大切だと言われますが、至言だと思います。私もそれを実行し、立派な後継者を見つけることができたのは神の助けと思っています。

旗振り型リーダー

長い人生の間には、自分の「持ち味」と反対のことをしなければならない時もあります。その例が、前述した淀川キリスト教病院理事長就任でした。「全人医療の原点」からやや離れ気味になった病院を立ち返らせる組織づくりをしてほしいという要望でした。それは私にとって、とてつもなく難しい課題に取り組むというものでした。祈りに祈って、決断しました。そして「全人医療の原点に立ち帰ろう」という旗を振りました。真剣に振りました。理事長就任以来約三年経ち、「みんなで型」理事長になることができつつあります。

さまざまな組織の立ち上げ

ホスピス、大学での新しい講座の立ち上げ、学長、病院の理事長など、いわゆる組織の長としての役割について述べました。それ以外に研究会、学会、協議会、財団などの設立に関わりました。一九七七年に「死の臨床研究会」を大阪でスタートさせました。これは死の臨床において患者や家族に対する真の援助の道を全人的立場より研究していくことを目的とするもので、医師、看護師、ソーシャルワーカー、宗教家など、現在約三、〇〇〇名の会員で構成されていて、二〇一六年十月には第四十回記念大会が札幌で開催されました。一九九一年には「全国ホスピス緩和ケア病棟連絡協議会」（二〇〇四年に「日本ホスピス緩和ケア協会」と改称）を立ち上げ、一九九六年には緩和医療学会をスタートさせました。「がんやその他の治癒困難な病気の全過程において、人々のＱＯＬの向上を目指し、緩和医療を発展させるための学際的かつ学術的研究を促進し、その実践と教育を通して社会に貢献することを目的とする」ものです。会員数は一万人を超えました。二〇〇一年にはホスピス財団を立ち上げ、理事長になりました。これは日本のホスピス、緩和ケアの質を上げ、人材を養成することを目的としており、現在は公益財団法人として認められています。

神様が創られた流れ

これらの設立に関して、私は依頼されるままに理事長職に就きましたが、その役割は「旗振り役」というよりは、むしろ「まとめ役」だったと思います。皆さんの意見をよく聴き、皆が納得できるような「落としどころ」を見つける役割だったと思います。

これまで書いてきたさまざまな社会的活動は「神様が創られた流れ」だと思っています。神様は私たちの人生に流れを創られます。乗りやすい流れもあれば、乗りにくい流れもあります。二つの流れのどちらかを選ばなければならないような場合もあります。流れを創られるのは神様です。しかし、その流れに乗るか、乗らないか、二つの流れのどちらに乗るかを決断するのは人間です。人生は決断の連続です。いつもみこころにかなう決断をしたいと願っています。

14 受賞のこと

自分が心血を注いでしてきたことが、世間で認められるのはやはりうれしいことです。では、「世間で認められた」といいますが、何をもって「認められた」といえるのでしょうか。その一つとして、何らかの賞をいただくことが挙げられると思います。賞にはノーベル賞から、世間でほとんど知られていない賞まで、実に多くのものがあります。私はこれまでに五つの賞をいただきました。いただいた賞の一つ一つに思い出があります。振り返りつつ、賞の思い出を綴りたいと思います。

①日米医学功労賞、一九九四年

これは私がいただいた最初の賞です。米国死生学財団が出しているもので、私は四人目の受賞者でした。私の前は、上智大学名誉教授のアルフォンス・デーケン先生でした。ニューヨークで授賞式があり、妻とともに出席しました。立派な楯をいただきましたが、それには、私があまり貢献していない分野に関する業績も書かれていました。やや面はゆいのですが、挙げてみます。ホスピスケアの確立、精神医学、心身医学、終末期ケア、人道的ケアの提供、医師、医学生の教育、一般人への死の教育、死生学に関する書物の出版、死生学に関する学会の設立、ホスピスケアを通しての悲嘆の研究……などです。とてもうれしかったのは、ニューヨークにあるメモリアル・スローン・ケタリングがんセンターの精神科部長で、初めて精神腫瘍学の教科書を著したジミー・ホランド先生がお祝いに駆けつけてくださったことです。

②朝日社会福祉賞、一九九八年

社会や福祉に貢献し、功績の著しい個人または団体に贈る賞とあります。私の受賞理由は「ホスピス運動の先駆者として、末期がん患者のターミナルケアに尽くした功績」というものでした。一九八四年にホスピス病棟を建て、ホスピスケアをスタートしてから十四年目でした。受賞したのは私のほかに、李仁夏《イインハ》氏（在日外国人のためのさまざまな人権活動と、地域に根ざした福祉活動での功績）と牧口一二氏（講演や市民運動などを通じて障がい者の理解、社会進出に尽力した功績）でした。

牧口氏は自らが障がい者で、車椅子での授賞式参加でした。全国の鉄道の駅にエレベーターを設置する運動を進めておられます。牧口さんの受賞の挨拶での言葉がとても印象的でした。牧口さんは「障がいは個性である」と言いました。障がいを持つ者は、悲しんだり、卑屈になったりしないで、「この障がいは私の個性なのだ」ととらえるべきだという主張でした。

③保健文化賞、二〇〇四年

インターネットで調べると、保健文化賞は一九五〇年創設され、保健医療や高齢者・障がい者への福祉、少子化対策などで顕著な実績を残した団体、個人に贈られます。この分野では国内で最も権威ある賞とされ、受賞者は例年、贈呈式の翌日に皇居で両陛下と面会するとあります。私の場合、ホスピスを立ち上げ、ホスピスケアを広めたことが評価されたようです。私は元来、人前で緊張することはあまりないのですが、皇居の謁見の間で両陛下とお会いした時はさすがに緊張しました。「自由に会話してくださって結構です」と言われてはいたのですが、陛下が「おめでとうございます。いろいろご苦労さ

保健文化賞受賞（2004年）

まです」と言われたとき、「ありがとうございます」としか言えませんでした。

受賞者は私を含めて五名でした。受賞者の特権として、特別に皇居全体をめぐる、三時間の旅というのがありました。その中で私にとって最も印象的だったのは、三〇〇鉢の盆栽でした。外国からの来客と皇族が食事をするとき、主賓席の近くに立派な松や楓の盆栽があるのをテレビで何度か見ました。皇居の必要な箇所に盆栽を置くために、専門家が二人常勤で働いており、三〇〇の鉢を管理しているところを実際に見、盆栽好きの私は大いに感動しました。受賞に伴う小さなエピソードです。

④大阪文化賞、二〇〇**五年**
大阪の芸術や文化に貢献があった人に対し、その功績を称えるためにスタートした賞です。二〇〇五年には芸術の部で作家の宮本輝氏、文化の部で生物化学者の芝哲夫氏と私が選ばれました。私の受賞はホスピスケアの普及に貢献したというものでした。三人が短い講演をしましたが、それぞれの社会に対する貢献の種類はずいぶん違うと感じました。

⑤ヘルシー・ソサエティ賞、二〇一**六年**
インターネットの説明文には、「ヘルシー・ソサエティ賞は、より健全な社会づくりを目指し、

献身的に素晴らしい活動を行っている方を顕彰する目的で、平成十六年に日本看護協会とジョンソン・エンド・ジョンソン日本法人グループにより創設されました。地道ながらも尊い活動はさらに注目を集め、称賛されるべきであると考え、このような活動を広く奨励することによって、一人でも多くの助けが必要な人に救いの手が届くようになることを目指しています」とあります。私は教育部門での受賞でした。ホスピスでの経験を大学で教育に生かし、学長として大学教育に関わり、著書の執筆を通して、死の教育にも関わったというのが受賞の理由です。皇太子殿下や安倍首相も出席されるようですが、今回はご都合がつかず、塩崎厚生労働大臣が挨拶されました。六〇〇名を超す方々がパレスホテルの祝宴に招待されました。受賞者は四名でした。

賞をいただいた者の責任は、受賞した分野で社会に還元することではないか、と思います。私の場合、医学、精神医学、心身医学、死生学、悲嘆学、ホスピスケア、チーム医療、などです。これらの分野で私が経験したこと、それに基づく洞察をお伝えすることが私の責任かなと思っています。それと同時にクリスチャンとして、専門分野と信仰をどう統合するかも重要な課題であると考えています。

ここ二十年ばかりの間、講演を依頼されることが多くなりました。二〇一五年一月から十二月までの一年間の講演は四十六回でした。多くは医療、看護、福祉関係からの依頼でしたが、教会の教育講演、伝道集会なども十六回ありました。必要とされるところへはできるかぎり出かけようと思っています。

15　私の健康法

二〇一六年五月二十九日、私は七十七回目の誕生日を迎えました。元気で喜寿を迎えられたことは、本当に感謝なことです。家族や職場の人たちがそれぞれ工夫を凝らして、喜寿のお祝いをしてくれました。

私はこれまでずっと健康に恵まれてきました。若いころ化膿性咽頭炎で、中年になって風邪をこじらせて肺炎になり、それぞれ二週間ほど入院しましたが、ここ二十年ばかりは、ずっと元気に過ごしてきました。

本屋さんをのぞくと、健康に関する本がたくさん並べられています。「私の健康法」などを見ると、人それぞれに工夫をしておられることがわかります。私にはとてもできないと思われることも書かれています。以下に書くことは、あくまで、私にとってこれは良かったと思えることで、「何らかの参考にしてください」という程度のことです。

私がこれまでに健康に関して、心がけてきた三つのことは食事、運動、考え方、です。

1　食事

不健康の大きな原因は肥満ではないかと思っています。肥満は食事と運動不足からきます。私の身長は一六八センチで体重は六二キロ前後です。これは三十年ほどほとんど変わっていません。維持できたのは、食べることの工夫が大きいと思います。これには妻の協力が大きかったと思っています。

私がずっと意識的にしてきた第一のことは、主食を少なくすることです。朝はトースト半分、サラダたっぷり、少量のハム、ソーセージまたはオムレツ、牛乳です。昼は職場の食堂ですが、ライスは茶碗半分です。夕食は肉と魚を交互にし、やはりライスは茶碗半分です。ご存じの方もあると思いますが、妻は栄養バランスの良い食事のために「まごわやさしい」を心がけてくれているようです。（ま＝豆、ご＝胡麻、わ＝わかめ、や＝野菜、さ＝魚、し＝しいたけ、い＝芋）血圧が少し高かった時期があったので、全体に薄味にしてもらいました。

食べるものの種類も大切ですが、量が決め手というのが私の意見です。昔から「腹八分目に医者いらず」と言いますが、「七分目」あたりが理想かなと思います。

2　運動

職業柄、運動不足になりやすいので、体を動かすことにかけては、かなり工夫と努力をしてきました。私の場合、日常生活に運動を取り入れるということです。

まず、真向法です。詳しくはインターネットで調べてください。簡単にいいますと、真向法体操は、一回三分、たった四つのシンプルエクササイズです。股関節を中心に、呼吸と合わせて運動（ストレッチ）することにより、体調不良、腰痛、肩こり、血液循環の改善、歪んだ骨盤や姿勢を整え、心身をリフレッシュする効果があります。また、特別な道具も必要なく、子どもから大人、年齢や性別、体力に関係なく、どなたでも、どこでも（畳一枚のスペースがあればＯＫ）、手軽にできる健康法です。

私は、真向法の四つのエクササイズに六つのストレッチを加えて十種類のストレッチを毎朝、起きて、すぐに行います。これを三十年間続けています。七～八分のことですが、毎日というのがコツです。出張中のホテルでも、海外旅行でも、一日たりとも欠かしたことがありません。これをしないと、気持ちが悪いのです。まさに真向法中毒です。しかし、これが私の健康維持に大きな力となっています。

「老いは足から」といいますが、まさにそのとおりです。私も後期高齢者になってから階段の下りの時に、少し脚がもつれそうになります。脚が弱ってきた証拠です。脚の弱りを予防するた

ぶら下がり器は日課

めに私なりに工夫していることを書いてみます。

大切なことは、できるだけ歩くことです。歩くことを日常生活に取り入れるのです。通勤ではできるだけ車を使わず、バス停まで歩くようにしています。十分ほどですが、速足で歩くと結構な運動になります。エスカレーターやエレベーターを使わず、階段を利用します。しかも、二段ずつ上がります。電車を待つ間、足首の回転運動と、かかとを上げる運動を交互にします。周りの人々に違和感を抱かせないように、目立たず、そっと実施するのがコツです。

さらに風呂上がりに、三キログラムの鉄アレイを二つ持って、スクワットを十回します。きついですが、効果が感じられます。

喜寿をきっかけに新たに二つのことに挑戦しています。マジックレッグ（脚の開閉をする室内器具）と「ぶら下がり器」です。どちらも数分の時間ですが、結構効く気がします。

五十六歳の時、ゴルフを始めました。脚を鍛えるというより、運動不足を補う意味、ストレスの発散が目的です。時にはスコアがまとまらず、余計にストレスがたまることもあります。月二回のラウンドを目指していますが、実現できないこともままあります。

3　考え方

自分の健康をどう考えるかは、とても大切なことです。心身医学に関心をもって、これまでに多くの心身症の患者さんを診てきましたが、その経験の中で「意識集中による症状の固定」という状態がよく見られます。一つの症状が気になって、それに意識が集中して、症状が固定してしまうのです。

ある患者さんは左胸に痛みを感じ、心臓が悪いのではないかと不安になり、意識が左胸に集中しました。すると痛みを感じます。精密検査を受けましたが、何も異常は見つかりませんでした。精神的なことではないかということで、精神科を紹介され、私が診察しました。かなり不安が強い人で、少量の抗不安薬を処方し、「意識集中による症状の固定」について説明し、痛みを感じても、そこに意識を集中せず、できるだけ無視するように指導しました。幸い、一か月ほどで痛みから解放されました。

多くの研究から、うつ病の患者さんには「順調希求」の傾向があると言われています。「体が不調でなく、順調でありたい」という気持ちが強すぎるという傾向です。「順調希求」が強いと、ちょっとした体の不調で、それが気になり、うつ状態に陥ることがあります。

年齢とともに、足腰の痛みや関節痛、視力や聴力の低下など、さまざまな症状が出てきます。

それら一つ一つを特別扱いせず、「痛みも身のうち」ととらえ、上手に付き合っていきたいものです。

16　家庭生活

前述のように、私たちは一九六六年に結婚しました。新しい家庭は三人でのスタートでした。私の母が同居することになったからです。当時、母は看護師として働いていました。父の死後、母と私はずっといっしょに生活してきました。私の結婚を機会に別に暮らすということは考えられませんでした。妻は同居に賛成してくれました。それから四十九年間、妻は母の世話をしてくれました。この点、私は妻に心から感謝しています。

家族の紹介

私たちには、長男、次男、長女の三人が与えられました。それぞれのプライバシーに配慮しながら、それぞれのプロフィールを紹介します。

6人家族。私たち夫婦。母と3人の子どもたち。

長男は大学の社会学部を卒業し、三年間サラリーマン生活をしてから、オーストラリア（シドニー）に渡り、スキューバダイビングのインストラクターになりました。「日本はぼくを受け入れるには小さ過ぎる」というのが渡豪の理由でした。その後、海洋科学に関心が移り、クインズランド大学の学部、大学院を出て博士号を取り、現在アメリカの大学で研究者として単身赴任をしています。結婚し、妻と十五歳の娘はオーストラリアにいます。

次男は大学の工学部を卒業してから、医学部へ行き直し、小児科医になりました。二人の子どもがいます。父親の忙しさを見ていると、「医者にだけはならない」と言っていましたが、工学部卒業の少し前に、「機械相手の仕事よりも、人間相手のほうが合っていると思うので、医学部へ行きたい」と言いだし、それから六年かけて医者になりました。

長女は、熱中症で入院したときの看護師さんがとても親切で感動し、ナースになる決断をしました。大学の看護部で頑張り、看護師、助産師、保健師の三つの資格を取りました。淀川キリスト教病院で助産師として働いていたとき、インドのキリスト教関係の病院へ一年間派遣され、そのとき知り合ったナガランド（インド領だが、人種的にはモンゴロイド）の青年と結婚し、現在、愛知県の病院で看護師として働いています。三人の子どもがいます。

よく話し合う夫婦

これまで家庭について、あまり触れてこなかったので、ここでは家庭生活について書いてみたいと思います。だれと結婚して、どんな家庭を創るかと、どんな仕事をするかは、その人の人生を決める二大要素だと思います。もちろん、どんな信念、価値観をもって生きるかは、総論的に人生の色合いを決める重要な要素ですが。

私たち夫婦はどんな夫婦なのかとあらためて考えてみました。一番の特徴は「よく話し合う夫婦」だと思います。結婚してから今日まで、私たち二人は実によ

娘と３人の孫。

く話し合いました。お互いの仕事のこと、子どもたちのこと、嫁姑間のこと、信仰のこと、親戚付き合いのことなどなど、何でも話し合います。事と次第によると、会話は深夜に及ぶことも稀ではありません。「よく、こんなにしゃべるよなあ」と思うこともしばしばです。しかし、これが二人らしさなのだろうと思っています。

人生の振り返り

二〇一六年、私たち夫婦は金婚式を迎えました。五十年を振り返って、二人ともずっと仕事に忙しく、四月九日の結婚記念日に、一日中いっしょに過ごしたことがないことに気づきました。二〇一六年、初めてそれが実現しました。朝から晩まで、二人で五十年を振り返りました。うれしかったこと、悲しかったこと、実にさまざまなことを思い出しました。

金婚式の記念に振り返ったことを、三大〇〇〇というようにまとめて、書き留めておこうということになりました。たとえば、印象に残る三大シーンとか、三大ハプニングとかです。二人にとっては大切な出来事でも、第三者にとっては「どうということはない」かもしれません。

印象的な三大シーン

①一九六九年、妻が一歳半の長男と三か月の次男を連れて、セントルイス空港に到着。くたくたに疲れた様子が忘れられない。
②シドニーで長男の結婚式。母の八十八歳の誕生日も同時に祝った。
③保健文化賞受賞の際、夫婦そろって天皇皇后両陛下に拝謁。

三大ハプニング

①一九六六年、全日空機羽田沖で墜落。親友が死亡。遺体の確認、お通夜、その他のことで睡眠は二時間。次の日、留学試験。途中で寝てしまう。目覚めると、残り時間十五分。ほとんど考えずに答案用紙にチェック。最低点七十五点で合格。考えずにチェックした部分の正解が多かったことが後で判明。
②ホスピス建設の費用二億円、三年計画の予定が一年九か月で達成（ハプニングというより、神様の恵み）。
③妻が短大の学長に、そして私も少し遅れて学長になり、これはまさにハプニング。

三大感謝

①二人とも若い時に信仰が与えられ、信仰を土台として結婚生活をスタートできた。

②母が百一歳という長寿を全う。ぎりぎりまで家で過ごせた。
③三人の子どもが与えられ、それぞれ個性的に成長。

三**大工事**
①母の退職金と借金で、小さな家を建てた。
②阪神淡路大震災で建て替え。足が不自由な母のためにホームエレベーター。もうすぐ私たちのためになる。
③省エネに目覚め、二度にわたり太陽光発電設備。屋根のほとんどがパネル。

三**大感動書物**
①『死ぬ瞬間』（キューブラー・ロス）――ホスピスをスタートさせる原点になった。
②『夜と霧』（ヴィクトール・フランクル）――人間理解の原点を学ぶ。
③『人生の四季』（ポール・トゥルニエ）――人間の可能性を学ぶ。

三**大旅行**
①一九七九年、イギリスのホスピス訪問。家族は大英博物館、バッキンガム宮殿、ウェストミ

ンスター寺院などを見物。
②ハワイ講演旅行。夫婦でハワイ各地で五回の講演。一週間のんびりとはいかなかったが、貴重な経験。
③アジアホスピス大会（台湾）に二人で参加。古くからの友人に会えた。

三大映画

①「ある愛の詩（Love Story）」――アメリカ留学中に二人で見た。ライアン・オニールとアリ・マッグローの魅力的なカップルが今でも目に浮かぶ。
②「南極物語」――映画館が満員で、子どもたちと立ち見だったことが思い出される。
③「おくりびと」――仕事柄、とても興味をそそられた作品だった。

私たち二人は後期高齢者になりましたが、まだ比較的元気です。あとどれほど地上での生活が許されるかわかりませんが、世のため人のために、残りの人生を主にあって、謙遜に生きていきたいと願っています。

17　ユーモアと笑い

川柳

ホスピスという働きの中で、私はこれまでに約二、五〇〇名の患者さんを看取りました。非常に重い仕事でした。看取りが一、〇〇〇名を超えるころ、看取りの重さを何とかしなければならないという思いが湧いてきました。

そんなある日、新聞の川柳欄を見ていて、とても面白い川柳を見て、ふっと笑ってしまいました。その瞬間、心が少し軽くなったような感じがしました。そして、川柳が看取りの重さを少し軽くしてくれるのではないか、という思いが出てきました。それから川柳入門というような本を読み、自分でも川柳を作り、新聞に投稿するようになりました。このことが、私の人生の中でユーモアの重要性に気づいた初めての経験でした。それ以降、ユーモアというものを少し専門的に勉強してみようという思いが湧いてきました。ユーモアに関する本や文献を見ているうちにユーモアがもつ広く深い意味に気づくようになりました。

愛と思いやりの現実的表現

上智大学の名誉教授であるアルフォンス・デーケン先生は数少ないユーモアの研究家です。デーケン先生のお話によると、ドイツのユーモアの定義には二つあるということです。一つは、ユーモアとは「にもかかわらず笑う」こと、そしてもう一つは、ユーモアとは「愛と思いやりの現実的な表現」であるということです。本当のユーモアは病気であるにもかかわらず笑う、また死が近いにもかかわらず笑うという意味があるようです。私は、ユーモアとは愛と思いやりの現実的な表現であるという定義が気に入りました。日常生活の中で接する人がユーモアのセンスをもっておられ、ときどきそのユーモアセンスを発揮されると、そ

ユーモアの本を出版

れが思いやりになっている場合があります。

患者さんの思いやりによって、医者である私が慰められた例をお話しします。卵巣がんの末期でホスピスに入院してこられた中年の女性がいました。ある日の回診の時に、「いかがですか？」という私の問いかけに、彼女は、「おかげさまで順調に弱っております」と答えました。私はプッと笑いました。そしてこの言葉によって慰められたと感じました。

Humor（ユーモア）の語源はラテン語のHumores（フモーレス）だと言われています。これは、血液やリンパ液のように体液を表す言葉です。生命を維持していくうえでどうしても必要な体液と同じように、人間らしいいのちを生きていくためにはユーモアが必要だと思います。

自己距離化

オーストリアの有名な精神科医ヴィクトール・フランクルの残した言葉に、「ユーモアは人間のみに与えられた神的なほどに崇高な能力である」というものがあります。彼はもう一つ、ユーモアの大切な働きに「自己距離化」というものがあると言います。これは悲しく、つらい体験をしたときに、その体験と自分の気持ちがぴったりとひっついてしまわないように、ユーモアのセンスを用いて、少しその体験から距離を取るということです。

大腸がんの手術を受ける前にとても不安になった患者さんがいました。この人には川柳の素養があり、自分の不安を軽減するために、一つの川柳を作りました。「お守りを　医者にもつけたい　手術前」という句です。彼はこの川柳を作ることによって、自分の不安を少し横に吹き飛ばすことができました。自己距離化のとても良い例だと思います。

笑いは心の扉を開く

アメリカ留学中の三年間、私たちはバプテスト系の教会に通いました。牧師は説教の前に必ずユーモアに富んだ話をします。個人的に話をしたときに、牧師は私にこう言いました。「笑いは人の心の扉を開くと思います。私は説教の前に少し皆さんに笑っていただき、心の扉を開いていただいてから、説教をすることにしているのです。そのほうが聖書の言葉が皆さんにうまく届くようです。」

ある日のメッセージの前の話は以下のようなものでした。「私の友人である牧師がしてくれた話です。十分準備をして、ためになる良い説教をしていると思っているのに、途中で居眠りをする信者さんが多いので、どこかに問題があると思い、自分の説教の録音を聞いてみました。すると、途中で彼自身が居眠りを始めました。」

私もいろいろなところで講演をします。本題に入る前に、私も笑っていただくことにしています。先日の講演の出だしは以下のようなものでした。「どんな良い話をしても、話の途中で必ず居眠りをする人がいます。居眠りに二つの型があることに気がつきました。縦型の居眠りと横型の居眠りです。話が大切なところにさしかかり、『皆さん、大切なのはこういうことです……』と言ったとき、『そうだ、そうだ』と縦型の居眠りをしていただくと、話がスムーズに進みます。うなずいておられるという美しき誤解をすることができるからです。しかし、『皆さん、大切なのはこういうことです……』と強調したときに、『いやいや、そうではない』と横型の居眠りをされると、非常に話しづらくなります。話の途中で居眠りはしていただいてもよいのですが、できれば今日は縦型の居眠りだけにしていただきたいと思います。」こう言うと、聴衆の半分は笑ってくださいます。

人間が笑うというのは本能的に備わったことだと思えて仕方がありません。赤ちゃんは生まれて間もなく、にこっと笑います。これは新生児微笑と呼ばれます。だれにも教えられないで、赤ちゃんは本能的に笑うのです。生後二か月ぐらいになると、この新生児微笑は社会的微笑に移っていきます。抱っこしてもらったり、あやしてもらったりすると、赤ちゃんはうれしそうに笑います。これが社会的微笑です。

人間は日常生活の中でよく笑います。笑うことは人間にとってごく自然なことなのですが、ときには笑えなくなります。たとえば、ひどい痛みがあると、人間は笑えません。痛みが笑いを覆い隠してしまうのです。何かショックなことがあって、うつ状態になっているときにも、人間は笑えません。うつが笑いを覆い隠してしまうからです。しかし、痛みが取れたり、うつ気分がなくなったりすると、人間は必ず笑います。笑いなくして、人間は人間らしい生活を営むことができないのです。

18 母の看取り

すべてのことには時がある

母が老人保健施設で召天したのは、二〇一四年八月十九日でした。百一歳でした。母の召天に際して、私たち夫婦は貴重な体験をしました。

二〇一三年の大晦日に母は食べ物を気管に詰め、呼吸が止まり、そのまま亡くなるかと思いました。看護師の私の娘が強く背中をたたき、私がスプーンで食べ物を掻き出し、やっと一命をとりとめました。それから二日間意識が戻らず、私は母の死を覚悟しました。

一月二日の夜、少し意識が戻ったとき、目を閉じたままで母が「すべてのことには時がある……と聖書にあるでしょ……詩篇だったかしら?……」と言いました。母がとぎれとぎれに聖書

庭先で 100 歳の母と

のことばを語ることに私は驚きました。そばにいた妻が言いました。「あります。あります。それは伝道者の書の三章です。」

こんな時になって、母から聖書のみことばを聞くとは思っていませんでした。みことばが口から出るのだから、意識ははっきりしているように思えたし、苦しみはまったくなさそうに見えました。

私は「その時が来ているような気がするの？……」と尋ねました。母は小さく、しかし、しっかりとうなずきました。そして、はっきりと、「なにかその時のような気がする……体がふわっと浮いていくようで、意識がなくなりそうなのよ……何か明るい光のほうへ体が吸い上げられていきそうなの……だれかが私の体をぎゅっと抱きしめてね……はっきりとは聞こえなかったけれど……よく来ましたね……みたいなことを聞いたわ……」と。私たちはびっくりしました。母の召天の時が本当に来ているのかもしれないと思いました。

私たち夫婦は、一時間ばかり母のベッドのそばでじっと見つめていました。母のこれまでの生涯を思いつつ、こんな形で自宅で召天できるなら、それは母にとって幸いなことではないかと思いました。

その後、母は深い眠りに入りました。私たちは十五分間隔で母が息をしているか確かめるために、ベッドのそばに行きました。呼吸はやすらかで、苦しみはまったくないように見えました。

その夜、私たちはほとんど眠らず、母のそばにいました。明け方四時ごろ、母は目を開けて、ポツリポツリと話し始めました。「昨日言えなかったけれど……ミッコちゃん、ありがとう。いろいろ優しくしてもらって、本当にうれしかったわ。……私の衣類やアクセサリー、お金もミッコちゃんにおまかせするわね。……いいようにしてね。……」妻は、「わかりました。お母さんがこうしてほしいだろうなと思われるように、できるだけ考え、哲夫さんとちゃんとしますので、後のことはご心配なく……」と答えました。

そのように言ってしばらくすると、「何か食べたいわ……」と言いました。意識が戻りつつありました。ほっとしたと同時に、正直びっくりしました。お腹が空くとは……。

在宅看護の難しさ

元旦から一週間二人で二十四時間看護体制を敷きましたが、こちらが夜寝られなくなり、私自身の仕事のことを考えると、在宅看護は難しいとの結論になって、母も承知のうえで老人保健施設のお世話になることになりました。母は四月～五月～六月の初めまでは、落ち着いた日々を老健で過ごしました。

六月の初めに母は誤嚥性肺炎を起こしました。予想していたので、驚きはしなかったのですが、急に意識がなくなり、ＣＴ検査の結果、脳出血（脳動脈瘤の破裂）との診断でした。私は今度こそ命の問題になると覚悟しました。

ここで再び母の生命力に驚くことが起こりました。母は翌日意識を取り戻し、「お腹が空いた」と言ったのです。まだ肺炎が続いていたのですが、スタッフと相談して、おかゆを食べました。肺炎は自然に治りました。一命はとりとめましたが、コミュニケーションの点で大きな障害が残りました。こちらの言うことはかなりわかっているようでしたが、母の言うことが、ほとんど理解できませんでした。

しかし、車いすで食堂まで行き、ペースト食は自分で食べるまでに回復しました。母は元気なころに、最後まで食べたいので、点滴はしてほしくない、誤嚥性肺炎を起こしても治療はしないでほしい、と言っていました。はっきりと言えたのは、母が看護師だったことが関係しているのかもしれません。

二〇一四年八月十八日、夕食を誤嚥し、再び肺炎を起こしました。本人の意思を尊重し、特に治療はしませんでした。午前一時前に老健から電話があり、駆けつけた時にはすでに亡くなっていました。体はまだ温かく、きれいな顔でした。

母の人生

母は淡路島の生まれ。下には妹三人、弟四人の八人きょうだいの長女でした。母の場合、その性格に長女であるという立場が大きく影響しているように思います。百歳になっても、まだ長女としての雰囲気を醸し出し、周りの人に姉御風を吹かしているようなところがありました。

一九六九年六月から一九七二年七月まで、私たちの家族五人はアメリカのミズリー州セントルイスに住んでいました。離れていても、母の信仰が確かなものとなるように祈っていました。そんなある日、教会からの便りで母が洗礼を受けたことを知りました。ちょうど六十歳で還暦の年でした。それから四十年、感謝なことに教会での信仰生活が守られました。百歳を過ぎてから礼拝に出席できなくなりましたが、教会では多くの方々との交わりをもちました。婦人会には六十歳〜八十歳まで忠実に励みました。教会での前夜式・告別式の後、教会の共同納骨堂に納骨していただきました。

母がいなくなって、寂しくなりました。その一方で、百一歳の最期まで母に寄りそい、良い看取りができて、ホッとしたという側面もあります。子どもたちの独立後、ずっと三人で暮らしてきたのが、二人になりました。寂しい反面、落ち着いた日々を過ごせるのはありがたいことです。残された者にとって、亡くなった人がどんな最期を迎えたかというのは、とても大切なことです。苦しまずに平安のうちに召され、母は幸せな最期を迎えたと思います。母の場合、亡くなる前日まで自分で食事ができたことも良かったと思います。

母の逝去後、妻が詠んだ俳句と和歌を紹介します。

白萩の　こぼれるごとく　母は逝く

冬去りて　春から夏も移り行き　コスモスゆれる母居ぬ庭に

極寒を　耐えて咲き出ず蠟梅《ろうばい》を　手折りて活けし母居ぬ部屋に

19　言葉へのこだわり

還暦を過ぎてから、言葉に関心を強く持つようになりました。言葉に対するこだわりが強くなったと言ったほうがいいかもしれません。特に同じような二つの言葉の間に、かなり違った意味があることに気づき始めました。たとえば、「生命」と「いのち」は同じように使われることも多いのですが、よく分析してみると、違いがあることに気がつきます。

「生命」と「いのち」

二つの言葉の違いを見いだす一つの方法として連想法というものがあります。それぞれの言葉から連想する言葉を二つずつ挙げるのです。「生命」という言葉から私が連想したのは「生命保険」と「生命維持装置」です。「いのち」からは「君こそわがいのち」という歌と「いのちの泉」という賛美歌を思い起こしました。この四つの言葉をじっと見ていると、「生命」と「いのち」の本質的な違いが浮かび上がってきます。それは「生命」は有限であり、「いのち」は無限であるということです。生命維持装置はスイッチを切れば生命の終焉が来ます。生命は有限です。しかし、ある人の「生命」が終焉を迎えても、その人が持っていた「いのち」は、その人を愛した人のこころの中にずっと生き続けます。「いのち」は無限です。

「いのち」のほうが「命」より、柔らかく、拡がりが感じられます。「こころ」と「心」にも同じことが言えると思います。言葉や文字にこだわっていると、少し大げさですが、思想が拡がったり、洞察が深まったりします。

「生きる」と「生きていく」

この二つも微妙に意味が異なります。「生きる」というのは「生命」と関係し、「生きていく」は「いのち」と関係します。ホスピスという臨床の場で、「もう生きる力がありません」という言葉をたびたび患者さんから聞きました。それは生命の継続が難しいと感じておられるからです。「もう生きていく力がありません」という言葉は精神科の外来でよく聞きました。生命力ではなくて生きていくために必要な「いのち」の力がないという意味だと思いました。「いのち」は存在の意味や価値観に関係します。

「生きる」と「生ききる」

「生きる」というのは生命の継続を意味します。生きる力がないというのは、生命の継続が難しいということです。「生ききる」という言葉は、生命の終焉を自覚したときに出る言葉です。自分らしく生ききるというのは、自らの生命の終焉を感じた人がこれまでの自分の生き様をしっかりと保って、生を全うしたいという気持ちの表れだと思います。

「生む」と「生まれる」

後輩のところに初孫が生まれました。彼は、うれしそうに「長女のところに初孫が生まれました」と報告してくれました。彼は決して「長女が初孫を産みました」とは言いません。「生まれる」という言葉は受け身です。上から授かったというニュアンスがその中にはあります。「生まれる」という表現の中には、いのちの誕生というニュアンスがあります

鶏の場合はどうでしょうか。鶏が卵を産んだといいます。産みたての卵です。生まれたての卵とは言いません。私たちは、産みたての卵に生命の存在をはっきりとは感じていません。それゆえに卵を割って煮たり焼いたりします。店で売ったり買ったりします。

ひよこの誕生はどうでしょうか。「卵がひよこを生んだ」とは言いませんし、「ひよこが卵から生まれた」とも言いません。ひよこの誕生には「孵《かえ》る」または「孵《ふ》化《か》する」という表現があり

ます。ひよこには「生命」を感じますが、「いのち」を感じるのは難しいのではないでしょうか。旧約聖書の創世記二章七節に、人間の誕生に関する大切なみことばがあります。神様は人間を創造するときに、「いのちの息」を吹き込まれたとあります。これは「たましい」のことだと私は思っています。人間だけに与えられた「いのちの息」、すなわち「たましい」は「生きていく」力の源ではないでしょうか。

「支える」と「寄り添う」

この二つの言葉もよく似ていますが、やはり違うと思います。まず第一の違いは「支える」は下からであり、「寄り添う」は横からであるということです。二つめの違いは、支えるためには技術が必要ですが、寄り添うためには人間力が必要だということです。

ホスピスに入院して来られた患者さんが強い痛みを訴えられた場合、適切な鎮痛剤を投与して、痛みを和らげます。これは支えるという行為です。そのためには医師の経験や知識、すなわち技術が必要です。痛みが和らいだら、患者さんは「さみしい」、「はかない」、「悲しい」など、こころの問題を訴えられます。これに対しては技術で応じるのではなく、しっかりと寄り添うことが大切になります。

東日本大震災の被災者の方々のために活動している心の相談室のお手伝いを少ししています。

震災直後には日常生活のさまざまなことに対する支えが必要でした。しかし現在では被災された方々の悲しみにしっかりと寄り添うことが必要です。寄り添い人が少ないという相談室のスタッフの言葉が私の心に重く響きました。

「主流」と「本流」

医療を考えてみますと、診断や治療は「主流」ではありますが、患者さんの苦痛を緩和する緩和医療は医療の「本流」だと思っています。大きな川の源は山の中腹からの湧水であったりします。湧水が小さな流れを作り、それに周りから少しずつ水を集めて川らしくなり、「本流」となります。「本流」はさらに多くの水を集め、とうとう流れる「主流」になります。「主流」の下には「本流」の水が流れています。

医療の「主流」である治療に乗りすぎると、時には、おぼれるということが起こります。流れの途中で「主流」から「本流」である緩和医療に乗り換えるほうが良い場合もあります。ある時点で積極的な治療から緩和ケアに移るほうが苦痛の軽減にもなるし、生存期間も長くなるという研究結果が最近出て、大きな話題になっています。

「聞く」と「聴く」

「聞く」には耳しかありませんが、「聴く」には耳と心があります。耳を心にしてとか、心を耳にしてとかの意味があります。ただ何となく「聞く」のではなくて、しっかりと個人的な関心をもって「聴く」という意味があるのです。Active Listening（積極的傾聴）という言葉があります。「聞く」というのは元来受け身ですが、「聴く」は積極的に耳を傾けることなのです。

20　信仰生活

私の親戚、友人、知人は、私がクリスチャンであることを知っています。二十六歳の時に洗礼を受けてから、ずっと教会に通っていることを皆さんが知っているからだと思います。クリスチャンの定義は「教会に通っている人」ではありません。イエス・キリストを自分の個人的な救い主と信じ、その証しとして洗礼を受けた者がクリスチャンだと私は思っています。私がクリスチャンとして日常の生活の中でしていることを改めて考えてみました。

1　祈ること

私は朝起きてすぐ、四つの祈りをします。第一に、その日のスケジュールを思い、そのスケジュールが無事に進むようにと祈ります。第二に、みこころにかなう決断ができるようにと祈ります。人生は大きな決断から小さな決断まで決断の連続だと思います。その日に決断しないといけないことが起こったとき、みこころにかなう決断ができるようにと祈るわけです。第三に、どんなことが起こっても慌てず、冷静に、どうすればよいかを判断できるようにと祈ります。予想しなかったことが起こったとき、人は慌てたり狼狽したり、平静さを失いがちになりますが、そんなとき、冷静に、みこころにかなう判断ができるようにと祈るのです。第四に、家族と肉親の一人ひとりの名前を挙げて一日の無事を祈ります。また病気の友人や、苦しい状況にある知人のために祈ります。

車を運転するときには、出発するときに、無事に目的地に着くことができるようにと祈ります。

朝、起きたときに、すでに祈ってはいますが、事あるごとに朝の祈りに加えてその時その時に祈ります。たとえば職場で会議があるときには、その前に会議がみこころにかなって進むように祈ります。祈ってから会議に臨むと、平安な気持ちで会議の進み方を見守ったり、発言したりできます。

来客の予定があるときには、その前に話し合いの上に

キャンプ場で教会の皆さんと（右端が筆者）

導きがあるように祈ります。

2　教会に通う

日曜日に教会に行くことは、私の日常生活の中でごく当然のことになっています。教会で日曜日の礼拝を守ることは、二十六歳で洗礼を受けてから現在まで、幸いなことにずっと続けることができています。かなり長い間役員を務めましたが、今は「医療、福祉係」として、教会員の相談に乗っています。

責任ある学会があったり、職場の行事が日曜日にあったりすると教会に行けないこともありますが、年数回の例外を除いて礼拝出席は私自身の生活の一部になっています。

3　メッセージをする

現在の職場である淀川キリスト教病院では、週に一度、朝の礼拝で十分ばかりの短いメッセージをします。病院だけではなくホスピスや老人保健施設でもメッセージをします。今の職場の前に十二年間勤めた名古屋の女子大でも定期的に、学生たちを対象にした朝の礼拝で短いメッセージをしました。一人の信徒としてメッセージをすることはとても大切なことだと思っています。

4　講演活動

キリスト教の教会から依頼を受けて教育講演や伝道集会の講演をすることが、かなり頻回にあります。クリスチャンの精神科医としての体験や、ホスピス医としての働きを語ってほしいとの要望に応えています。ときには教会での日曜日のメッセージを依頼されることもありますが、自分の教会で礼拝を守ることを優先したいと思っていますので、そのようなときにはできるだけ午後の講演会という形にしていただくことにしています。

5　出版活動

精神科医としての働き、ホスピス医としての働き、それとキリスト教信仰との関係を記した著書を出版することも、私が大切に思って実行してきたことです。キリスト教信仰に基づいた人間理解は、私の一生のテーマとも言えます。患者さんとの関わりを通して私自身が教えられたことをまとめた本がほとんどですが、現場で私に与えられた恵みの体験をまとめることは私の責任かと思っています。

たとえば二、五〇〇名の患者さんとご家族の人生の総決算に参画するという体験はとてもユニークなもので、そこから得られる洞察は貴重なものであったと思っています。

6　聖書を読む

日本のクリスチャン人口は一％程度だと言われています。その中で、どれくらいの人が聖書を毎日読んでいるでしょうか。私もできるだけ毎日読みたいと思っていますが、なかなか実行はできていません。

長年私たち夫婦は聖書を一緒に読むことに関して一つの約束をしています。夜、何時から読むとは決めていませんが、どちらかが聖書を読もうと提案すれば、よほどのことがない限り、そのときすぐ二人で聖書を読むという取り決めです。交互に一節ずつ読み、一章読む時と半章の時がありますｓ。そのあと、二人で祈ります。二人ともしなければならないことが多いとか、どちらかが疲れすぎているときなどひとりで読むときもありますが、できるだけ二人で聖書に接するためには、この方法がとてもいいと感じています。

7　人のために時間を使う

アメリカでの留学を終えて、どのような形で日本に帰国するかが大きな課題となり、大学病院と淀川キリスト教病院のどちらにするか、いろいろ悩んだことは前述のとおりです。当時通っていたバプテスト系の教会の牧師に相談したところ、彼の答えは、できるだけ患者さんと関わる時間が多い職場がいいと思うということでした。研究が主になる大学病院よりも臨床が中心になる淀川キリスト教病院を間接的に勧める言葉でした。

人のために時間を使うというのは、クリスチャンにとってとても大切なことだと思います。新約聖書のコリント人への手紙第二の九章九節に「散らす」という言葉があります。イエスが貧しい人々に施したということですが、同時にこれはイエスの時間の使い方を象徴的に示した言葉のように思います。イエスは自分の持ち時間のすべてを人々のために使われました。一日二十四時間、だれにでも平等に与えられているこの時間を、自分のために使うか、それとも人のために散らすか、それによってその人の生き方が決まります。散らす人生を送られたイエスを自分の目標に掲げて生きていきたいと願っています。

21　趣　味

川柳を始める

「趣味は何ですか?」と尋ねられたときは、「ゴルフと川柳です」と答えることにしています。尋ねた人は〝それは意外〟というような顔をされます。どうも私とゴルフや川柳はミスマッチのようです。

川柳は五十代で始めました。四十五歳の時にホスピスをスタートさせ、多くのがん末期の患者さんの苦痛の緩和や看取りという仕事を始めました。ホスピスをスタートさせて五年ぐらい経ったころ、仕事の重さがズシリと感じられるようになりました。毎日死と対峙するという重さとストレスを少しでも和らげたいという思いが湧いてきました。ある日、新聞の川柳欄を見ていますと、とても面白い句が載っていて、思わずプッと笑ってしまいました。そして心の重さが少し和らいだ感じがしました。川柳が趣味になった一つのきっかけです。「川柳入門」というような本を読み、自分でも川柳を作って新聞に投稿するようになりました。そしてときどき入選して自分の川柳が新聞に載ると、妙にうれしくなりました。たとえば当選句の一つに、

何にでも　効く温泉で　風邪をひき

というのがあります。私の柳名は、「ほのぼの」です。人々の心がほのぼのとするような川柳を作りたいと思いました。しかし、ときには少しパンチが効いた句も作ります。

腹割って　話してわかった　腹黒さ

はそんな一句です。これまでに新聞で約五十句当選しました。

緊張をほぐす

ドイツのユーモアの定義に、「ユーモアとは、愛と思いやりの現実的な表現である」というのがあります。私は、日常生活の中でユーモアのセンスを持って人に接することが、ときにはその人に対する愛と思いやりの現実的な表現になることがあると思っています。小さな具体的な例を書いてみます。

大学の教授時代に臨床死生学という講座を担当しました。ある雑誌社から講座の内容について取材させてほしいとの依頼があって、若い記者が大学に来られました。かなり緊張していて、取材があまりスムーズに進みません。話の途中で趣味を聞かれたので、「ゴルフと川柳です」と答えると、この記者も意外そうな顔をして「川柳ですか」と言いました。私はとっさに川柳を二つ紹介して、彼の緊張をほぐそうと思いました。当時、〝窓際族〟という言葉が流行っていました。仕事がうまくいかず、窓際のほうに追いやられた会社員のことです。一つめは、

窓際も　せめて行きたい　南側

記者はにこっとしました。二つめの川柳は、

窓際の　頃が懐かし　窓の外

彼は声をあげて笑いました。これで彼の緊張はすっかり取れ、その後の取材はスムーズに進みました。愛と思いやりの現実的な表現です。

川柳の三要素というのがあります。それは面白み、軽み、穿《うが》ちです。この中で最も難しいのが穿ちです。「穿つ」という言葉を辞書で引くと、「人情の機微や事の真相などを的確に指摘する」とあります。

穿ちの好例を紹介します。初孫が生まれたときに妻と一緒に顔を見に行きました。病院の新生児室に二十人ばかりの赤ちゃんがいました。みんなとても可愛く、そのうちの一人が私たちの初孫でした。そのとき私の心に予期しない思いが湧きました。それは、「この赤ちゃんたちはみな死ぬんだなぁ」という思いでした。生まれたばかりの赤ちゃんを見て、みんな死ぬんだなぁと思う人がいるでしょうか。毎日毎日ホスピスという場で、死と対峙している私は、「人は死ぬなぁ」という実感を持っています。この実感が、この赤ちゃんも「必ず死を迎えるのだなぁ」という思いにつながったのだと思います。

それから数日後の新聞に掲載された川柳を見て、私は驚きました。

誕生の　その場で背負う　死の定め

という川柳です。私が赤ちゃんを見て感じたことをこの作者は見事に五七五にまとめたのです。穿ちが効いています。

ゴルフを始める

ゴルフを始めたのは五十六歳の時でした。運動不足を少しでも解消したいという気持ちと、ゴロ合わせではありませんが、五十六歳で少しはゴロゴロする時間も必要かなと思ったからです。初めはボールが上がらず、文字どおりゴロゴロ転がるばかりでしたが、そのうち少しずつボールが上がるようになりました。

ゴルフ好きの教会のメンバーと

中、高、大と卓球をしていました。卓球のボールとゴルフのボールはだいたい同じ大きさです。動くボールをまずまず打てていたので、止まっているボールを打つゴルフは簡単だろうと思って始めたのですが、私の思いは見事に裏切られました。ゴルフボールほどまっすぐに飛ばないボールは世の中にないと思います。

忙しい仕事の合間を縫って練習場に通い、還暦を迎えるころに、やっと一〇〇を切ることができるようになりました。教会にもゴルフを楽しむ人がかなり存在することがわかり、ゴルフを伝道につなげることができないかと話し合いました。十年ほど前にグリーンチャーチという名前で未信者の方をお誘いし、一日ゴルフを楽しみ、終わってからの表彰式の後、ショートメッセージをするようになりました。

ゴルフ伝道という形で本格的にゴルフを通しての伝道をしているところがありますが、私たちのグリーンチャーチはまだそこまではいっていません。しかし教会にはなかなか行きにくいけれども、ゴルフであれば参加しますという方もおられ、やがて教会につながってくださればうれしいと祈りながら、プレイをしています。

趣味であるゴルフと川柳が合体した本を出版しました（『五〇代からはじめるユーモア――ゴルフと川柳――』青海社、二〇一一年）。ゴルフをしない人でもわかるゴルフ川柳を紹介します。

目覚ましが　鳴る前起きる　ゴルフの日

腕ほめず　クラブをほめる　パートナー

病欠の　社長見かけた　ゴルフ場

継続は　力でないと　知るゴルフ

喜寿を過ぎて飛距離がずいぶん落ちました。しかし、プレイした後は体がとても軽くなります。ゴルフ場の環境は、日常生活の環境とまるで違います。その違いがストレスの発散にとても良いのだと思います。うまくいかなくてストレスがたまることも正直ありますが、私にとってゴルフはとてもありがたい息抜きです。できるだけ長く続けたいと願っています。

22 川柳

五十代で趣味の川柳を始めてから、これまでに新聞には五十句余りが掲載されました。川柳は作る楽しみもありますが、人が作った川柳を読んで楽しむほうが私には合っていると思います。川柳にはさまざまな種類があり、たとえばある新聞の川柳は、いわゆる時事川柳と言われるもので、政治や経済を題材にした川柳です。これは川柳の三要素〈面白み、軽み、穿《うが》ち〉のうち、面白さと軽さはあまりありませんが、穿ちが効いています。たとえば、

平行線　英語で言うと　ＴＰＰ

そのほかサラリーマン川柳やシルバー川柳などは有名です。

私は学長時代にキャンパス川柳をスタートさせ、学生からキャンパス生活に関する川柳を応募

してもらい、選考して学長賞を決めて表彰するというようなことをしました。明るいキャンパスにしたいという思いからの企画でした。

自分が作った川柳、これは面白いと思った他人の川柳など、これまでに特に私の心に残って覚えている川柳を分類して紹介したいと思います。川柳には「川柳ネタ」というものがあり、たとえば夫婦ネタ、親子ネタ、孫ネタ、肥満ネタ、老いネタ……など数え上げれば、きりがないほどネタの分類があります。

夫婦ネタ
ほとんどの夫婦ネタは妻優位です。最近の新聞の当選句に、

やっぱりなぁ　凄いという字に　妻がいる

というのがあります。うまいなぁと思いますが、私にはとても作れない川柳です。

定年退職後、家でぶらぶらしている夫のことを「粗大ゴミ」と表現することがありますが、これをネタに二つの川柳を紹介します。

粗大ゴミ　朝に出しても　夜戻る

粗大ゴミ　家事を仕込んで　再利用

特に二句めはうまい作品ですね。

夫婦の微妙な関係を表現した句に、

口げんか　しながら女房の　背中掻く

というのがあります。

親子ネタ

親子関係や子どもに対する親の気持ちを題材にした川柳もたくさんあります。川柳には自虐ネタという分類があるのですが、これは自らをいじめる（おとしめる）ことによって、面白さを出そうとするものです。

柳名は「ほのぼの」

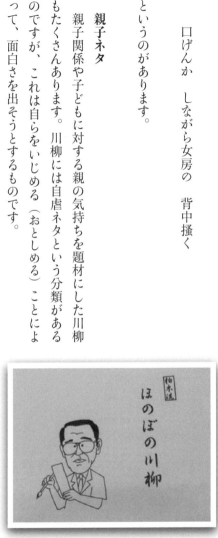

親の背を　見ずに育った　賢い子

はその例ですが、なかなかうまい川柳です。

甘かった　子ども三人　脛《すね》二本

という句があります。脛かじりというのが「保護者から学費や生活費をもらっている境遇」という意味であることがわからなければ、この句の面白みは理解できません。川柳には、かなり昔の表現や、ある特定の領域の言葉が使われることがときどきあり、若い人たちには理解できない句もあると思います。たとえば古川柳に、

役人の　子はにぎにぎを　すぐおぼえ

というのがあります。この句は説明が必要かもしれません。

「にぎにぎ」とは、手を握ったり開いたりする動作で、乳児が比較的早い時期に始める動作です。物をつかむという動作の筋肉の使い方を自分で発見していく過程で現れると考えられます。

「にぎる（握る）」とは、江戸時代に役人が賄賂をもらうことの隠語です。よく時代劇で、商人が若干の違法行為を見逃してもらうために、賄賂を渡すシーンがあります。数両の小判を包んで周囲に見えないよう握り込み、役人の手に握らせて手渡しします。役人はすぐに袖の中に手を引き込んで、袖に落とし込みます。賄賂を袖の中に隠すので「袖の下」という言葉ができました。役人の側から「袖の下」を要求するとき、手のひらを握ったり開いたりする仕草で催促します。この動作が「にぎにぎ」に似ているので、「役人の子は、赤ん坊のころから、賄賂を求める仕草を早く憶える」という意味のこの川柳ができました。

話を元へ戻します。親子ネタで多いのは、親の貧乏を子に知らせない工夫にまつわるおかしさを句にしたものです。回転ずしばかり食べさせていると、普通のすし屋に行って、以下のようになります。

この寿司は　じっとしてると　子ども言い

松茸は　まずいものだと　子に教え

孫ネタ

孫を題材にした川柳は非常に多いのです。川柳を楽しむ高齢者が多いためかもしれません。

入れ歯見て　眼も外してと　せがむ孫

ウンチだな　赤ちゃん急に　真面目顔

オシッコと　さも偉そうに　告げる孫

来てうれし　帰ってうれし　孫四人

肥満ネタ

肥満は、川柳のネタとして取り上げるのに格好な対象だと思います。実に多くの川柳が肥満、太り過ぎを対象にしています。

部分痩せ　したい部分が　大部分

ダイエット　グラムで減って　キロで増え

痩せてやる　これ食べてから　痩せてやる

世界一　怖い乗り物　体重計

二人おり　一人乗ったら　なるブザー

老いネタ

『シルバー川柳』という有名な川柳集が発行されています。ご老人が投稿した川柳を専門家が選定して一冊の本にまとめたものです。いわゆる自虐ネタと言われるものも多いのですが、自分の老いを川柳というユーモアで吹き飛ばしたいというご老人の意欲がうかがえます。

誕生日　ローソク吹いて　立ち眩み

ときめきと　信じていたが　不整脈

ついにきた　畳のヘリに　つまずいた

つまずいた　足元見るが　何もない

書店に行くと、さまざまな分野の川柳集が本棚に並んでいます。その中で仕入れた川柳を紹介します。

「**頭髪川柳**」

頭髪に関する川柳だけを集めた、とてもユニークな川柳集です。そのうちの一つです。

顔洗う　どこまで額《ひたい》か　わからない

「**遺言川柳**」

これも非常にユニークで、遺言にまつわる内容を川柳にしたものです。そのうちの一つ。

墓石は　軽くしてくれ　肩がこる

先に述べたように、川柳の三要素は面白み、軽み、穿ちだと言われます。面白くて軽い川柳はたくさんあります。たとえば、

一戸建て　手が出る土地は　熊も出る

とか、

熊さんが　住んでた土地に　家を建て

などは軽くて面白い句です。

しかし中には、穿ちは効いていても、それがかなり重い句もあります。たとえば、

犯人の　名前に親の　夢を見る

というのがあります。逮捕された犯人の名前を見ると、正義とあり、親の夢と現実との差を表現した川柳です。これには面白みと軽みはなく、人間の切なさが込み上げてきます。

「穿つ」を辞書で引くと、「人情の機微や事の真相などを的確に指摘すること」とあります。短い五七五の川柳に、見事に事の真相を表現することもできます。最後にそのような川柳を一つ紹介します。

先でなく　生の隣に　死は潜む

23　三人の恩人

人生は人との出会いで決まると言った人がありますが、至言だと思います。私も多くの恩人と言える方々との出会いを通して、励まされ、助けられました。その中から三人の恩人を紹介したいと思います。

白方誠彌先生

白方誠彌先生はK大学の脳外科の助教授をしておられましたが、一九七八年、四十七歳の時に請われて淀川キリスト教病院の院長に就任されました。

一九七九年、イギリスのホスピスを訪問したことがきっかけになり、私はぜひ日本にもホスピスをつくりたいという強い願いを持つようになりました。白方院長にそのことをお知らせすると、全面的にバックアップするという温かいお言葉をくださいました。

一九八二年、正式にホスピス設立に向けて募金活動を始めることを理事会で承認していただく必要がありました。理事会ではさまざまな意見が出て、ホスピスをスタートさせるのは時期尚早ではないかとか、二億円もの寄付が集まるとは考えにくいというような消極的な意見も出ました。そのとき白方先生は「柏木先生がこれほど熱心に取り組んでおられるのですから、進めていただくのが良いのではないでしょうか」と言ってくださいました。この一言は私にとって、天からの声のように響きました。募金に関して私は「必要ならば、神様が天の窓を開いてくださると信じます」と言いました。その結果、理事会で、ホスピス設立に向けて募金活動をすることが了承されました。

白方先生は「病院内部のことは何とかなりますから、先生は外部での募金活動に力を注いでください」と言われました。私は当時、精神科の臨床、また、病棟での末期患者さんのケアで多忙な日々を過ごしていましたが、病院に迷惑をかけないように配慮して、外部での募金活動にずいぶん時間を使いました。一九八二年、一年間で約九十回の講演をし、寄付、献金のアピールをしました。その結果、三年間の予定が一年九か月で二億円の献金や寄付が集まりました。

ホスピス設立が決まったときに、できれば病棟の隣にある駐車場にホスピスを建てるのはどうだろうかと思い、白方院長に相談しました。先生はすぐに、「十分な広さがあるかどうかを測ってみましょう」と言われ、二人で長いテープと杭を持って駐車場の広さを測量しました。その結果、やや面積が狭すぎるという結論が出て、結局新しい病棟の一番上に二十三床のホスピスを建設することが決まりました。私の相談に対してすぐに反応してくださった白方先生の行動力に心から感謝をしました。

フランク・ブラウン先生

ブラウン先生は淀川キリスト教病院の初代院長です。アメリカの南長老派教会から医療宣教師として日本に遣わされた方です。一九五五年から一九七八年まで二十三年間にわたり院長を務められました。そして一九八一年に脳腫瘍のため天国に召されました。

私は先生のもとで長年働かせていただき、実に多くのことを学びました。先生は日本で初めて「全人医療」ということを提唱されました。淀川キリスト教病院の全人医療は「からだと、こころと、たましいが一体である人間（全人）に、キリストの愛をもって仕える医療」と定義されています。

全人医療を実践された敬愛するブラウン先生

ブラウン先生は全人医療の実践のために七つのヴィジョンを掲げられました。それは――

1 Patient-centered medicine――患者中心の医療
2 Community hospital――地域社会の病院
3 Teamwork――チームワーク
4 Teaching and learning hospital――教え学ぶ病院
5 Financial stability――資金的安定
6 Need for outside support――外部からの援助の必要
7 Christian faith gives joy and meaning to life――キリスト信仰が人生に喜びと意味を与える

というヴィジョンでした。

また先生は、患者さんやそのご家族に必要と思われるさまざまなことをとても積極的に進められました。その中には日本で初めてという試みが含まれています。たとえば、医療ソーシャルワーク、病院ボランティア、血液型不適合のための新生児交換輸血、全病棟完全冷暖房というようなことは、ブラウン先生のご指導で、淀川キリスト教病院において日本で初めてスタートしたものです。

先生はもともと外科医でしたが、当時病院に麻酔科医がなかなか来てくれないという現実があり、決断をしてしばらくアメリカへ帰国し、麻酔科医としての訓練を受けて、再び淀川キリスト教病院に戻り、院長と麻酔科医の両方の仕事をされました。病院のために自らをささげるという、本当に献身的な姿勢を示されました。

家庭生活は本当につつましやかなものでした。何回か食事に招待されましたが、食堂のカーペットと椅子、そして先生の部屋の机がすべて粗大ゴミの中から選別されたということを知り、頭が下がりました。先生は、「日本人は、少しもったいないことをしますね。粗大ゴミをチェックして回ると、かなり使えるものがありますよ」とニコニコしながら言われました。医師としての専門性と、しっかりとした信仰、そして人間的な温かさの三つを兼ね備えた素晴らしい先生でした。

ハリー・フリーゼン先生

私が初めて教会に行ったときにメッセージをしておられたのが、フリーゼン先生でした。たどたどしい日本語でイエス・キリストの誕生のことを熱心に話しておられたことが、とても印象的でした。先生は当時、教会近くのO大学で英会話を教えておられました。牧師と教師を兼務しておられたわけです。

フリーゼン先生ご夫妻と。わが家で

O大学のキャンパスは池田市の石橋にあり、先生は石橋の学生のための家という意味で、House for Ishibashi Student（HIS）という活動を始めて、週に一度夜に聖書を読む会を開いておられました。奥様がとてもおいしいケーキとコーヒーを出してくださるので、それを目当てに先生のお宅に来る学生もかなりいました。

私自身、ご自宅に通ううちに次第に聖書に対する興味と関心がわくようになり、教会にも定期的に通うようになりました。わからないこと、疑問に思うことは何でもフリーゼン先生に尋ねました。先生はいつもとても丁寧に教えてくださいました。それに先生はよくたとえ話をしてくださいました。たとえば、こんなふうにです。

聖霊についてよくわからなくてお尋ねしたとき、「聖霊はラジオの電波のようなものかもしれません。目には見えませんが、電波はどんな所にも飛び交っています。ただラジオのチャンネルをしっかりと合わせなければ、電波をキャッチすることはできません。それと同じように、神様のほうにしっかりと心を向けなければ、飛び交っている聖霊をキャッチすることはできません」と言われました。

奥様もよくたとえ話をされました。私が教会へ行きだしてから五年ほど経ったある日のこと、奥様に「洗礼を受けることを考えているのですが、なかなか決断が難しいのです」とお話ししたところ、次のように言われました。「洗礼を受ける決断はこちらの岸から向こうの岸へ川を飛び越すことに似ていると思います。川幅があって、飛び越すのが難しいと思いがちですが、思い切って飛び越してみると、案外簡単に向こう岸へ飛び越せます。そして振り返ってみると、川幅はそんなに広くないことがわかります。思い切って飛び越してみたらどうでしょうか。」この言葉だけで私が洗礼を決断したわけではありませんが、この言葉は私の背中をポンと押してくれたような気がします。

あとがき

「恵み」というのは、「何々したから」という条件なしで、一方的に与えられるものだと思います。私のこれまでの人生を振り返ってみると、「私が頑張ったから」というような理由ではなくて一方的に与えられたことが、いかに多いかがわかります。そういう意味で、私の人生は「恵みの軌跡」であったと思います。本書の題を『恵みの軌跡』としたのはこのような思いがあったからです。

人生を振り返ってみると、私の場合、三つの柱があったと思います。どんな人生観をもち、だれと結婚し、どんな仕事をするかです。人生観、結婚、仕事の三つが、私の人生の三本柱だったと思います。人生観に関しては、やはり、キリスト教信仰を与えられ、それがさまざまな判断や決断に大きな、そして中心的な働きをしたと思います。結婚に関しては、同信の、共通の背景（精神医学と心理学）をもつ妻が与えられたこと、仕事に関しては、精神科医、ホスピス医、大学の教員、大学と病院の管理者という経験ができたことが大きな恵みであったと思います。

三つの柱と書きましたが、すべてに共通する私の興味、関心は人間理解だと思います。人間を理解するにはさまざまな方法があります。歴史を振り返ることによって人間を理解したり、文学作品を通して人間を理解したりすることができると思います。政治や経済の分野を通して人間を理解することもできると思います。社会学や文化人類学も人間理解の有力な手段だと思います。哲学的、宗教的人間理解もあります。このように考えてみると、ほとんどすべての学問分野が人間理解につながっていると言えるかもしれません。

人間がある状況に置かれたときにそれをどう受けとめ、どのように行動をとるかを観察すれば、それは人間理解につながると思います。人が家庭や仕事の中で強いストレスを経験したとき、どのように反応するかを観察すれば、それが人間理解につながります。人が自分の死を自覚したときにどのような心境になり、どのように反応するかがわかれば、それも人間理解につながります。その意味で私が精神科医とホスピス医を選んだのは、はっきり意識したわけではありませんが、仕事を通して人間を理解したいという思いからではなかったかと思います。

人は自分が体験したことを人に伝えたいという本能的な望みをもっているのではないでしょうか。宗教的な救いの体験を人に伝える伝道的な働き、経験したことを書物として出版すること、体験したことを講演で人に話すことなどはその例でしょう。私自身が、これまでに四十冊以上の書物を出版し、かなりの講演をこなしているのも、そのような望みがあるからかもしれません。

本書が、著者という人間を理解していただく一助になり、お一人お一人が今後の人生を歩んで行かれるうえで、何らかのご参考になれば、望外の喜びです。

最後になりましたが、出版にあたり、「いのちのことば社」の長沢俊夫、碓井真衣両氏には、随分お世話になりました。心より感謝いたします。

金婚式を迎えた私たち二人の生活のすべてを共有し、私自身の働きのすべてを理解し、本書の執筆にあたり、ヒントを与え、写真の選別や校正に協力してくれた妻・道子にも感謝いたします。

二〇一七年　早春

南春日丘の自宅にて

柏木哲夫

恵みの軌跡
―精神科医・ホスピス医としての歩みを振り返って

2017年５月30日発行
2018年４月20日再刷

著　者　柏木哲夫

印刷製本　モリモト印刷株式会社

発　行　いのちのことば社
〒164-0001 東京都中野区中野2-1-5
電話 03-5341-6922（編集）
03-5341-6920（営業）
FAX03-5341-6921
e-mail:support@wlpm.or.jp
http://www.wlpm.or.jp/

ISBN 978-4-264-03628-9